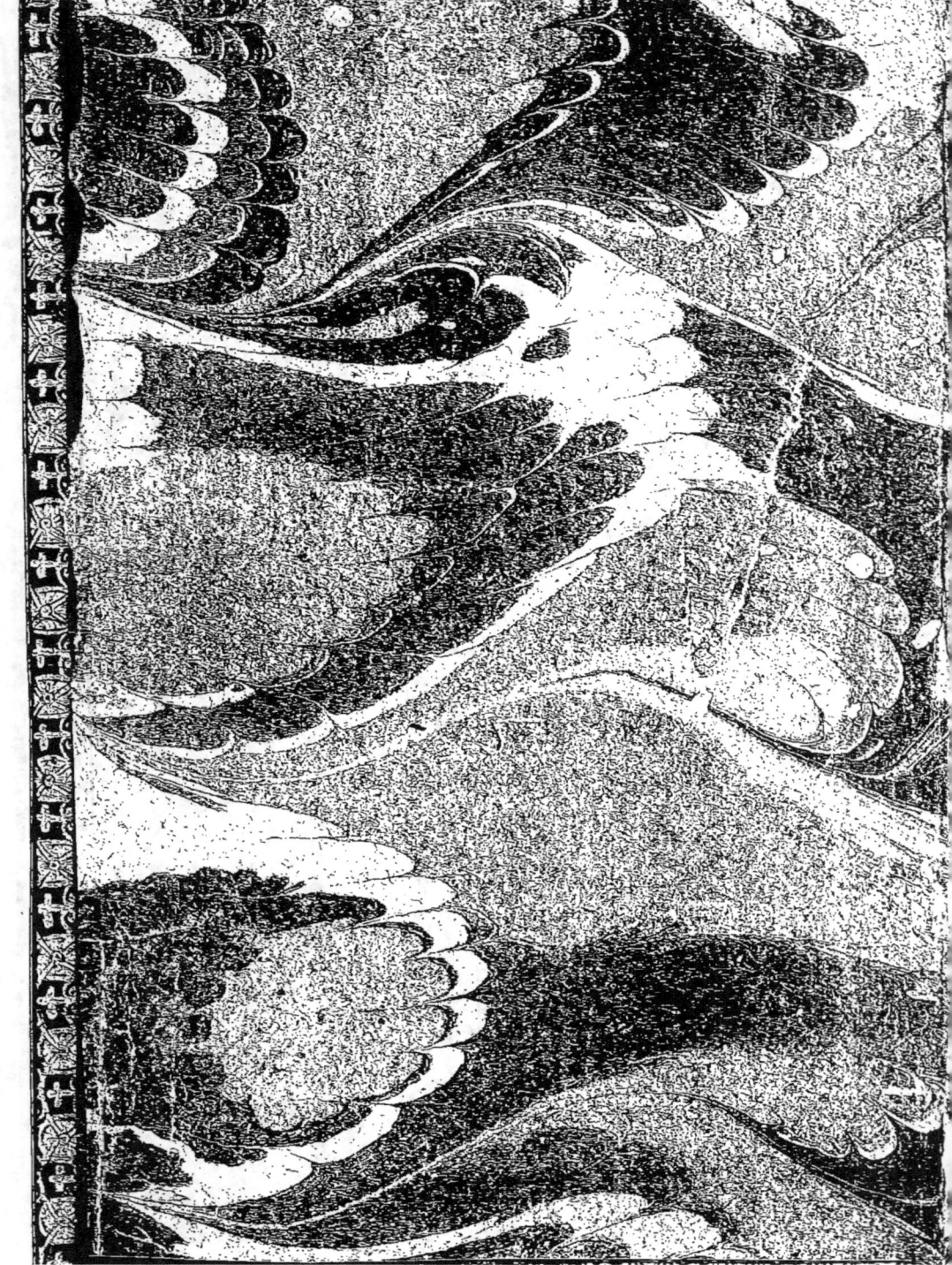

Cat: denyon: 1766.

# LE MARIAGE

## DE

# FINE·EPICE·

## COMEDIE I.

# M. DC. LXIV.

# AV BRAVE
# FINE-EPICE.

L semble què l'esprit de l'Vnivers & celuy du Parnasse soient
de concert ensemble, puis que
l'un n'envoye jamais des Heros
sur la terre que l'autre inconti-
nent ne remplisse d'un grand enthousiasme
quelque excellent Genie pour en celebrer
les loüanges. C'est cette reflexion qui ma
donné une passion extréme de chanter vos
beaux faits (ô BRAVE FINE-EPICE) car
en effet je ne suis point né Poëte, & neant-
moins l'admiration de vos heroïques actions
ma inspiré cette noble ardeur du Parnasse
pour devenir vôtre Homere. C'est à quoy
je mesforce de parvenir par douze poëmes
comiques, dans lesquels je comprends tout
ce que vous avés jamais fait de rare : mais
comme vous n'estes pas encor à bout de vos
finesses, & que je prevois que vous suivrés
vôtre destinée, je vous promets (MON BRAVE)

ã

de ne me laffer jamais en fi noble deffein, au contraire, j'écriray inceffemment dans le même ftile vos inimitables proüeffes.

I'ay commencé à courir cette carriere (O Brave Fine-Epice) par vôtre Mariage tout à fait illuftre, me perfuadant que vous en ferés bien aife, quoy que quelques perfonnes vous blâment dans ce choix, & difent qu'apres avoir été plus de vingt ans à choifir vous n'avés pas fi bien rêcontré qu'on efperoit de vous, & que vous vous eftes montré en cela femblable à ces moûches qui voltigét à l'entour de toutes les fleurs d'un Iardin pour enfin s'aller repofer fur un fumier : mais n'en déplaife à ces Meffieurs, leur foible efprit ne peut pas juger des grandes ames, il y a autant d'honneur à tir'er de l'ordure un mal-heureux, qu'à precipiter un homme puiffant dans la fange.

Quant à l'impuiffance dont vous accufe vôtre valet fi vous en voulés appeller, c'eft une affaire qui regarde Meffieurs les Officiaux. Ie confents que vôtre Pointuë vous y faffe faire les exercices, c'eft ce que vous ne defirés pas ; car je fçay que c'eft pour l'en détourner que vous luy avés fait croire qu'elle étoit groffe, & c'eft par vôtre adreffe qu'elle

l'a par tout publié, ô belle fineſſe de Fine-
Epice! en effet elle n'y peut plus revenir
apres apres avoir retenu, & nourice, & ſage-
femme, & apres avoir fait le pacquet de l'ac-
couchée & de l'enfant : apres qu'elle a dit
par tout que vous aviés un grand ſecret de faire enſler le ſein, apres enfin qu'elle a declaré
qu'elle l'avoit ſenty mouvoir en ſes entrailles
comme un petit poiſſon ſe remuë dans l'eau,
ſans doute que vôtre Pointuë a été autresfois
changée en quelque riviere puis qu'elle ſçait
la paſſion des eaux dans l'agitation d'un poiſſon qui nage.

Ne croyés pourtant pas, ô FINE-EPICE,
que mon deſſein ſoit de rendre vôtre lit nup-
tial infecond : vous verrés dans ma ſeconde
piece l'accouchemét de vôtre Pointüe : mais
comme vous eſtes auſſi bien un diable en procés qu'un Heros en faits d'armes ; je donne à
vôtre impuiſſance une production toute par-
ticuliere, ie fais accoucher vôtre Pointuë
d'un grand ſac plein de divers procés qu'on
met en nourice entre les mains de Lerville
vôtre conſeil : cette piece eſt pleine d'eſprit,
& d'une invention delicate, ie vous la promets dans peu de temps pour vous conſoler
de l'affront que vous a fait vôtre Pointuë en

publiant plus hautement que n'a fait vôtre valet voftre impuiffance maritale ; vous vou- liés dupper la vieille en luy donnant l'efpe- rance d'un petit poupon, & quand la farce a efté iöuée vous avés tiré le rideau.

Ce valet infolent dit auffi que vous avés les loups, en verité cela eft fâcheux, montrés vos iambes O BRAVE FINE-EPICE.

Il eft neceffaire de vous avertir O BRAVE FINE-EPICE, d'avoir la bonté de nous donner des memoires de vos beaux faits dont nous efperons nous fervir auffi bien que de deux de vos lettres dont la premie- re eft icy tranfcrite ou plutoft traduitte en vers & commence dans la premiere Scene du premier Acte *Objet de ma colere &c.* & l'au- tre eft un billet que vous aviés envoyé à un de vos officiers, il eft inferé de mot à mot dans les quatre premiers vers de la fe- cond Scene du quatriéme Acte *Qu'on cher- che des filets &c.* Iugés de cet échantillon fi nous fçavons bien mettre toutes pierres en œuvre, nous n'obmettons pas même vos pa- roles, & c'eft ce qui fait l'intrigue de la re- cherche de la fille du Boureau que nous avons icy employée, non pour être verita- ble, car cette fille ( fi fille il a ) n'eft pas affés riche, mais pour vous faire souvenir qu'étant en colere de ne vous pouvoir marier, vous distes que les petites (c'est à dire vos sœurs) s'en prevaloient, mais que vous y mettriés bon ordre & que vous épouseriés plutost la fille du Boureau, partant si cette histoire peut en être exceptée, qui n'a en effet qu'une verité figurative & inventée, sur l'asseurance qu'on peut avoir que quand vous dites quelque chose vous le faites: Tout le reste est fort veritable, la Belle-Allée, la Rodette, la Bourbette, du Bois & Courtois sont des personnes de vostre alliance qui ont été telles que nous les avons peintes. Il est vray que ie ne crois pas l'entretien de la premiere Scene du quatriéme Acte Aussi quelque sujet que j'aye de vouloir du bien à la Pointuë je luy fais parler un langage dont elle me sera obligée & vous aussi mon BRAVE, car je vous peints si adroittement dans vos paroles, je marque si bien vostre humeur brusque & petulante, vostre esprit de vif-argent qui ne peut être long-temps en un lieu, & qui change à toute heure de discours que vous avouërés ingenuëment que je suis le digne Poëte d'un tel Heros que vous estes.

Outre les douze pieces comiques par lesquelles je pretends immortaliser voſtre gloire, j'ay fait un juſte volume de trois cens deviſes avec leurs tableaux en taille-douce, que vous aurés dans la fin de l'année, où j'exerce ingenieuſement mon eſprit ſur les mœurs & paroles de tous les perſonnages que j'employe en mes Comedies, ou qui peuvent y avoir part, en voicy un échantillon.

Vn Ecu d'Armes en chef deux hures de Sanglier; en pointe un Porc épic qui ſemble eſtre dépoüillé des fruits dont il s'étoit chargé avec ces mots.

*Spoliatis armà ſuperſunt.*

Ce ſont vos frere & ſœurs qui s'ils avoient pour armes ce Porc-épic ils pouroient, tout dépoüillés par vous qu'ils ſont de leurs biens, y rentrer à l'exemple du Porc-épic.

Vn caroſſe, voſtre mere & l'Abbé du Bois dedans avec ces mots.

*Currù ſervus portatur eodem.*

Les Armes de Champagne avec ces mots.

*Et qui naſcentur ab illis.*

Pour la famille de voſtre alliance, car ces Armes leurs ſont acquiſes depuis long temps.

Vne Etoille qui tombe du Ciel & qui eſt en effet une exalaiſon oleagineuſe ou viſceu-

fe avec ces mots. *Dum orimur morimur.*
c'eft la famille de voftre alliance.

Vne Preffe d'Imprimerie avec un Impri-
meur qui enfire une feüille avec ce demy
vers. *Venit ab oppreßis.*

Ce font vos frere ; fœurs & niéce qui fe
voyant outragés & opprimés font un Livre
contre vous, & ce Livre fortant de la Preffe
& de leur mains. *Venit ab oppreßis.*

Vn Afne qui eft dans les chardons jufques
au ventre dont il eft piqué auec ces mots.
*Dum vos depafcit, pungite.*
C'eft vous qui devorés le bien de vos frere
& fœurs qui vous le reprochent ce qui vous
devroit fâcher : imais vous leurs répondés
fans vous en inquieter.
*Pungant dum faturent.*

## A  D I E V.

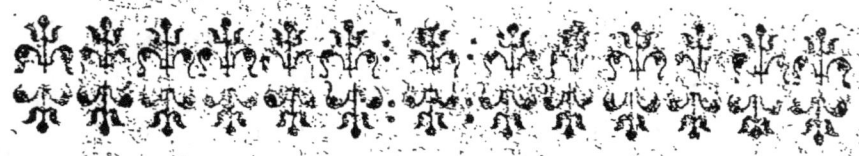

# ACTEVRS.

FINE-EPICE.

LA POINTVE Maiſtreſſe de Fine-Epice.

LERVILLE, Conſeil de Fine-Epice.

LA RODETTE, Grand'mere de la Pointuë.

PERRETTE, Mere de la Pointuë, fille de
la Rodette, & niéce de la Belle-Allée.

LA BELLE-ALLEE.

LABBE' DV BOIS, fils de Perrette.

LE CVISTRE, Valet de Fine-Epice.

---

La Scene eſt en la Priſon, à la Place
& à Pont-Ioubert.

# ACTE I.

## SCENE PREMIERE.

### FINE-EPICE LE CVISTRE,

### FINE.EPICE.

Aincre vn Presidial, le forcer de se
rendre,
De venir à jubé, sans oser se de-
fendre :
Contre les plus mutins, obtenir vingt Arrests,
Ce sont de mon credit, d'asses puissans effets :
Pourtant ie prise peu, cette belle victoire,
Qui couronne mon front d'une immortelle Gloire,
Et qu'un Presidial qui donne à tous la Loy,
Se trouve trop heureux de la prendre de moy ;
Si mes Sœurs, si ma Niéce, & mon aueugle Frere,
Combattent mes desseins, sous l'aueu de ma Mere.
L'ingrate, ignore-t'elle auec combien d'effort,
I'ay de son Fils aisné vengé l'injuste mort ?
L'ingrate ignore-t'elle, auec quel artifice,
I'ay tiré son Mary, des mains de la Iustice ?

A

Quand j'eus brisé ses fers, & rompu sa prison,
Et quand par mon adresse, il revit sa Maison,
Elle peut justement, remettre en sa memoire,
Qu'il m'accorda dés lors, pour prix de ma victoire,
Que je serois un jour son unique heritier,
Malgré la Loy Pater de l'ancien Coûtumier :
Ma Mere par serment, confirma sa parole,
Qu'elle veut aujourd'huy rendre vaine & friuole,
Et dit quand on luy parle, hé bien il faudra voir,
Il faut auparauant que je sois en pouuoir
Quel pouuoir vous faut-il, pour conclure l'affaire,
Que d'écouter Leruille ? il sçait ce qu'il faut faire ;
Vouloir tout ce qu'il veut, c'est être en plein pouuoir,
Sinon j'ay les moyens, de le faire vouloir :
Mais avant d'en venir à tout mettre en usage
Il faut pour luy complaire, entrer en Mariage :
En effet le desir des vieilles bonnes gens
Est de se voir revivre, en leurs petits enfans.
Peut être à mon bon heur, cette femme insensible,
Me remet à l'Hymen qu'elle croit impossible,
Depuis plus de vingt ans, je conçois mille vœux,
Je sers mille Beautés sous l'empire amoureux,
Sans pouvoir rencontrer une Amante fidelle,
Qui permette à mon cœur de soûpirer pour elle :
Ou qui veüille auec moy ( tant mon astre est fatal )
Prêter le col au joug de l'amour conjugal.
Apres que le Soleil a fait son tour au monde,
Il vient se reposer, dans le mol sein de l'onde,
Et le grand Alexandre, au sortir des combats,
Alloit choquer de verre, auecques ses Soldats :
Ou tout fumant encor des fureurs de Bellone

Il s'alloit repofer au fein d'une Amazone,
Faut t'il que je fois feul, fans fatisfaction;
Toûjours dans les procés, toûjours en action,
Sans rencontrer auffi, dans le fein d'une femme,
Quelque peu de repos, aux trauaux de mon ame,
Toy qui fus l'embaucheur de mes fales plaifirs,
Ne peus-tu l'être encor, de mes chaftes defirs.

### LE CVISTRE.

J'ay fait ce que j'ay pû, je ne fçay plus que faire,
Trauaillés donc vous mefme à faire vôtre affaire.

### FINE-EPICE.

As-tu fondé le gué?

### LE CVISTRE.

      Ie vous jure ma foy,
que j'en ay bien parlé, mais......

### FINE-EPICE.

      Que dit t'on de moy?

### LE CVISTRE.

Ie n'ay garde, Monfieur, je crains de vous deplaire,
Et mon deffein n'eft pas de vous mettre en colere.

### FINE-EPICE.

Non, non, dis franchement, je fuis homme d'hõneur

### LE CVISTRE.

Tantôt l'on dit Monfieur, quoy ce grand chicaneur
Se voudroit marier? & qui feroit la Fille,
Qui voudroit apporter le feu dans fa Famille?
Ce fupplie humblement, ce monftre à cent Arrefts,
Voudroit avecques luy nous ruiner en procés:
C'eft vn bon pelerin, dont je fçay les fineffes,
Quelque fot auec luy, voudroit mêler fes pieces:
I'allay voir l'autre jour, vn notable Marchand,

Qui se mocqua de vous, & m'en dit tout autant:
Enfin sans m'amuser, à parler davantage,
Cherchés hors de Poitiers, à faire vn Mariage,
Vous estes dans Poitiers, en trop mauuaise odeur.

## FINE-EPICE.

Et le tout que je suis vn fort grand chicanneur,
Laissons-les babiller, tout cela ne m'importe,
Ce sont des ignorants qui parlent de la sorte.
L'art de bien enfourner, & conduire vn procés,
Le bien solliciter, en auoir bon succés,
Est le mépris des sots; mais les gens de ceruelle,
Sçauent qu'on en reçoit une gloire immortelle.
Quiconque en sçait vser, est seur d'auoir du bien,
Et de celuy d'autruy, d'accroistre encor le sien:
Combien avons-nous veu, de familles naissantes,
par cet art si fameux, devenir fort puissantes:
Foüasseau, Pelerin, & Caillé dans Poitiers,
Des meilleures maisons, se sont faits heritiers.
J'espere en faire autant, & sans autre partage,
Laudoüiniere dans peu sera mon heritage:
J'ay pris certains effets, où mes trois Sœurs ont part,
Qui valent vingt mil francs, dont il m'en vient
        le quart,
Moyennant un procés, j'ose pourtant pretendre,
Que mes Sœurs ne sçauroient m'obliger de les rendre,
Ceux qui parlent de moy, m'appellant chicanneur,
Au lieu de m'offencer, me font beaucoup d'honneur,
En parle qui voudra, ie dois à la chicanne,
Tout ce que i'ay de bien, ma robbe, & ma soutane,
Elle est le desespoir, de mes coheritiers:
Elle est un ferme appuy contre mes creanciers.

Va reuoir ce Marchand, va viſte, & ie m'aſſure,
Que ſi d'un chicanneur, tu luy fais la peinture,
Il prendra grand plaiſir à t'ouyr diſcourir.

### LE CVISTRE.

Pardonnés-moy, Monſieur, ie n'ay pas le loiſir.

### FINE-EPICE.

Comment?

### LE CVISTRE.

Sçaués-vous pas, ce que ie n'oſe dire.

### FINE-EPICE.

Comment, comment?

### LE CVISTRE.

Monſieur regardés-moy ſans rire.

### FINE-EPICE.

Hé bien!

### LE CVISTRE.

Conſultés-vous de la ceinture en bas.

### FINE-EPICE.

Que veut dire cela?

### LE CVISTRE.

Ne le ſçaués-vous pas?

### FINE-EPICE.

Ce long retardement enfin me deſeſpere
Ou tu deuois tout dire, ou tout à fait te taire,
Hé de grace dis tout.

### LE CVISTRE.

Me le pardonnés-vous?

### FINE-EPICE.

Dis franchement.

### LE CVISTRE

L'on dit que vous aués les loups,
Et que vous n'eſtes pas idoine au Mariage,

*Estant vous m'entendés,*

### FINE-EPICE.

*Dis tout, ou ie t'outrage*

### LE CVISTRE,

*Impuiffant.*

### FINE-EPICE.

*Impuiffant, par la mort impuiffant;*
*Ce difcours d'impuiffance, eft le plus offençant.*

### LE CVISTRE.

*Le bruit en eft commun, parmy toute la Ville,*
*Et vous aurés grand peine, à trouuer vne Fille,*
*Qui veüille auecques vous, fon bon-heur hazarder:*
*Donc à chercher ailleurs, vous deués regarder:*
*Les Filles de Poitiers, craignent fort l'enclouüre,*
*Qui les pouroit priuer, de la douce luxure;*
*Chercher icy party, pour vous y marier,*
*Ce feroit dautant plus, Monfieur, vous décrier.*

### FINE-EPICE.

*Les loups; il eft bien vray, que i'ay deux vieux ulceres*
*Mais cela n'y fait rien ils ne dépenfent gueres;*
*I'en fuis quitte par an, pour un mouton ou deux,*
*Et quand la Lune croift, i'y mets vn couple d'œufs:*
*En recompence auffi ie n'ay point de cauthere,*
*Dont tous ceux de Poitiers, font garnis d'ordinaire*
*A caufe que leur Ville, eftant prés d'un étang,*
*Les vapeurs de ces eaux, leur groffiffent le fang,*
*Et pour les diffiper, eftans fans promenades,*
*S'ils n'ufoient de cauthere, ils en feroient malades.*

*I'ay vaincu tout Poitiers, & i'ay tout fait trebler,*
*De tous mes creanciers, pas vn n'ofe branler,*
*Et ie ne puis trouuer, quelque party fortable,*

*Dont le cœur à mes vœux, se rende favorable,*
*Conseiller de Poitiers, & de bonne Maison,*
*Riche, & qui suis encor, dans ma verte saison,*
*Ie trouve à me pouruoir toute chose impossible*
*O rage! ô desespoir! ô douleur trop sensible!*
*C'est dans ces grands reuers, qu'il faut montrer du*
*Et forcer la Fortune, à changer de rigueur. (cœur,*
*Impuissant!*

### LE CVISTRE.
*On le dit.*

### FINE-EPICE.
                    *Morbleu c'est une ruse*
*Du mary de ma sœur, mais le traître s'abuse,*
*Par là ce médisant, pretend me décrier,*
*Sçachant que mon bon-heur, est de me marier,*
*Morbleu je le perdray, mal-gré sa médisance,*
*Mal-gré les faux discours, d'une feinte Impuissance*
*Ie veux, sans differer, prendre un party si bas,*
*Que la Fille, & les siens, ny reculleront pas.*

### LE CVISTRE.
*Comment l'appellés-vous?*

### FINE-EPICE.
                  *C'est une fille unique,*
*A tous mes ennemis, par là je fais la nique.*

### LE CVISTRE.
*Vous l'appellés, Monsieur,*

### FINE-EPICE.
                 *Qu'importe elle me plaist,*
*Et nul autre que moy, n'y peut prendre interest*

### LE CVISTRE.
*Son nom,*

## FINE-EPICE.

*Quoy qu'elle soit d'une naissance vile*
*Elle perd avec moy, son nom, & sa famille.*

## LE CVISTRE.

*C'est la Fille,*

## FINE-EPICE.

*Il n'importe, & puis qu'elle a du bien,*
*En parle qui voudra, le reste ny fait rien.*

## LE CVISTRE.

*C'est la Fille d'un Prêtre, ou d'un certain Chanoine,*
*Ou bien du Menuisier, qu'on nomme Maître An-*
*toine,*
*Ou de quelque autre enfin, que je ne connois pas,*
*Peut-être un Savetier.*

## FINE-EPICE

*Descends encor plus bas.*

## LE CVISTRE.

*Ce long retardement enfin me desespere,*
*Ou vous deviés tout dire, ou tout à fait vous taire,*
*De grace dites tout.*

## FINE-EPICE.

*Tu dois t'imaginer,*
*Que tu n'en sçauras rien, à moins de deviner:*

## LE CVISTRE.

*Plus bas qu'vn Sauetier! c'est une paysane.*

## FINE-EPICE.

*Descends plus bas encor.*

## LE CVISTRE.

*Ie perds la tramontane,*
*Enfin j'ay deviné, la Fille d'un Sergent.*

## FINE-EPINE.

**FINE-EPICE.**

Non;

**LE CVISTRE.**

C'est donc une gueuse.

**FINE-EPICE.**

Elle a beaucoup d'argent.

**LE CVISTRE.**

La deuination, n'est pas chose fort belle,
Vous me feriés Monsieur, renuerser la ceruelle,
Car apres un sergent, ie ne sçay que penser;
Si ie croyois pourtant, ne vous point offencer,
Ie connois un certain, mais un malheureux homme,
Qui n'a rien qu'une fille & d'escus grosse somme,

**FINE-EPICE.**

Ouy c'est elle.

**LE CVISTRE.**

Comment la fille du Boureau?

**FINE-EPICE.**

Ouy tu l'as deuiné.

**LE CVISTRE.**

Cela n'est bon, ny beau,
La fille du Boureau! ie me perds, & i'enrage.
Ne pensés plus Monsieur, iamais au Mariage:
La fille du Boureau! qu'en diront vos parents:
La fille du Boureau! iongès de quelles gents,
Et dans qu'elle maison, vous aués pris naissance,
Et vous detesterés, cette infame alliance.

**FINE-EPICE**

I'y pense asseurement, & ie trouue assés beau,
Que le fils d'vn Preuost, soit gendre du Boureau:
Puisque par la mes sœurs donnent du nez en terre,
Et n'ont plus les moyens, de me faire la guerre,

B

Quelque soit cette fille en m'apportant du bien,
Sa naissance me plaist, & ne me choque en rien:
Ie ne m'abaisse pas, pour coucher auec elle,
Ie l'éleue au contraire, & la fais demoiselle:
La laideur de son sang, loing de ternir le mien,
Se laue dans mon sang où se pert tout le sien,
Et le brillant éclat qui sort de ma Noblesse,
En effaçant son nom, efface sa bassesse.
Ainsi le Createur tirant de ses Thresors,
Nostre ame son image & luy donnant vn corps,
Il ne l'auillit pas jusqu'à cette matiere,
Qui n'est rien qu'un monceau de terre & de poußiere:
Au contraire ce corps deuenu glorieux,
Par ce souffle Sacré qu'il a receu des Cieux,
Dépoüille sa bassesse & sa propre origine,
Pour en reprendre vne autre & Celeste & Divine.

### LE CVISTRE.

Vous parlés doctement, & par vive raison,
Cette fille sera de fort bonne maison:
Ne vous y trompés pas, car la beauté de l'ame,
Peut annoblir ce corps n'y trouuant rien d'infame:
Mais lors que par un crime il se trouve taché,
L'ame perd sa beauté dans l'horreur du peché,
De mesme vous perdrés l'éclat de la Noblesse,
Dans ce sot Mariage, & par cette bassesse,

### FINE EPICE.

Tu parle sottement ne me raisonne plus,
Puis que tous ces discours sont vains & superflus:
Toy qui sçais le besoin que j'ay de Mariage,
Pour me rendre un seruice où le devoir t'engage:
Va t'en trouuer ce pere & luy dis franchement,
Touchant ce bel Hymen quel est mon sentiment:

Il te dira d'abord qu'il n'ose pas pretendre,
D'avoir un Gentil homme & Conseiller pour gendre,
Mais passe plus avant & sans complimenter,
Dis-luy que dans demain il me doit contenter.

### LE CVISTRE,

Vous ne desirés pas qu'on en parle à la fille.

### EINE-EPICE.

Pour quoy non? parles-en à toute la famille,
Tu les surprendras tous fort agreablement;

### LE CVISTRE.

Ie veux sans vous nommer faire le compliment,
Pour les gaigner d'abord par la Magistrature,
Car enfin que sçait on s'il vous faisoit l'injure;
Il faut estre prudent pour ne pas s'abuser
Car tout Boureau qu'il est il peut vous refuser.

### FINE-EPICE.

Tu connois mal l'esprit du peuple méchanique,
Et le respect qu'ils ont pour les gens de pratique:
Ils sont adorateurs sur tout des Conseillers,
Messieurs les Conseillers sont les Dieux de Poitiers:
Car quel honneur plus grand quel plus grand avantage,
Qu'un Conseiller chés eux contracte Mariage,
Quand cela leur arrive ils sont pleins de fierté,
Et ne regardent plus les gens que de costé.
Tu connoissois Robin, tu sçais que sa naissance
Et celle du Boureau n'ont pas grand difference:
Il estoit le fermier de mes Sœurs & de moy,
Cependant il avoit pour moy je ne sçay quoy,
Qui me faisoit penser qu'il avoit esperance,
Que je pourois un jour prendre son alliance:
Sa fille avoit grand soin de me faire la cour,

Pour m'obliger de prendre une pointe d'amour,
Le pere me payoit tout le prix de la ferme,
Mesme le plus souuent il prevenoit le terme,
La mere avoit aussi l'esprit fort complaisant,
Et sans luy demander me prestoit de l'argent:
Mais pour d'autres partis mon ame estant blessée,
Ie goûtois mal alors leur petite pensée,
Plûst à Dieu qu'elle fust encor à marier,
Ie ne m'en ferois pas au jourd'huy tant prier.

### LE CVISTRE.

Il n'y faut plus penser puis que c'est chose faite,
Et que vous aviés lors ailleurs quelque amourette,

### FINE-EPICE.

C'estoit pour te montrer par quelle ambition,
Le nom de Conseiller flatte leur passion.

### LE CVISTRE

L'autre party Monsieur a l'ame un peu moins belle,
Et la fille sera moins douce & plus rebelle.

### FINE-EPICE.

Tu me mets fort en peine, & mes coheritiers,
Si l'autre m'échapoit joints à mes creanciers
Malgré mon industrie & malgré ma chicanne,
Feroient bien-tôt sauter ma robbe & ma soutane
Outre que sans Hymen je n'ay point de maison
Ie ne te dis pas tout, je crains

### LE CVISTRE.

Quoy?

### FINE-EPICE.

La prison

### LE CVISTRE.

Pour vous mettre à couvert, d'une telle disgrace,

Les Peres Cordeliers ont encor une place,
Si les autres avoient de pareils creanciers,
Nous irions tous rectà, plaider aux Cordeliers.

### FINE-EPICE.

Va donc & promptement, où mon amour t'appelle.

### LE CVISTRE.

Vous en aurés bien-tôt quelque bonne nouvelle.

# SCENE SECONDE.

### FINE-EPICE seul.

Illuſtre avidité d'une belle maiſon,
De mes travaux paſſez la juſte recompenſe :
Pourquoy me forcés vous de prendre une alliance,
Qui choque la raiſon.
N'eſt-ce pas une choſe étrange,
Que le bien ne vient point ſans mal,
Mais ſi c'eſt un ordre fatal,
Il faut bien ſouffrir ce mélange.

On ne ſuit pas toûjours les regles de l'honneur,
Au ſoin de s'enrichir il faut que l'honneur cede,
Puis que dans les threſors l'homme ſage poſſede,
Vn ſolide bon heur.
La richeſſe eſtant preferable,
Aux plus excellentes vertus,
Selon qu'il apporte d'écus,
Le Mariage eſt honorable.

Fut ce un monſtre en laideur, ſon or a des appas,
La fille du Bourreau, fut-elle ſa ſeruante,

Fut elle une putain puis quelle eſt opulante,
  Il faut franchir le pas.
  Mais prendre une infame pour femme,
  N'eſt-ce pas une lâcheté?
  Non, car pour fuyr la pauvreté,
  On ne doit rien trouuer infame.


  Nous y trouvons tous deux nôtré commodité,
Ie la fais Demoiſelle ainſi qu'lle deſire:
Mais en revanche auſſi c'eſt elle qui me tire,
  De la neceſſité.
  Chacun ſçait bien que ſa richeſſe,
  Vaut beaucoup mieux que mon preſent,
  Et qu'un Gentil-homme indigent,
  Ne diſne point de ſa Nobleſſe.


  Vn Noble plein d'honneur & qui n'a rien du tout,
Semble un Roy de Theatre, & ce feint perſonnage,
Eſt un gueux en effet que le mal-heur outrage,
  Et veut pouſſer à bout.
  Pourquoy ſe paiſtre d'apparence?
  L'indigent n'eſt point ſatisfait,
  Le richard à tout à ſouhait,
  Il n'eſt rien tel que la Finance.


  Quand on a toute choſe à bouche que veux tu,
Que ſert de poſſeder la bonne renommée?
Ie ne ſuis pas d'humeur à ſuivre la fumée,
  Que donne la vertu.
  La Nobleſſe qui vient des armes,
  Eſt le prix de la cruauté,

La vertu n'est que vanité :
La richesse à bien d'autres charmes.

Donc sans plus raisonner ce l'ong raisonnement,
Qui peut au raisonneur troubler le jugement;
Ie trouve en raisonnant par raison raisonnée :
Puis que cette maison me doit estre donnée,
Lors que j'accompliray cet agreable Hymen,
Que tous mes bons amis y doivent dire Amen,
J'accable sous le poids des raisons raisonnantes,
Niéce, frere, beau-frere & sœurs par trop choquantes
Et leur feray bien voir qu'ayant cette maison,
S'ils osent m'attaquer j'en auray bien raison.
   Objet de ma colere ou plutôt de ma rage,
Qui vint droit de Paris pour faire un Mariage,
Gueux mary que ma sœur a pris à l'étourdy,
Par un mal heur fatal, mais par un trait hardy,
Souviens-toy déloyal qu'il faut que tu perisse,
Par la langue ou la main du brave Fine-Epice.
Ie verray tes parens, je les entretiendray,
Et par mes feints discours enfin je te perdray :
Ie leurs feray sçavoir par de fausses nouvelles,
De tes comportemens dix mille bagatelles :
Ie sçauray te broüiller avec tous tes amis,
Pour me venger de toy tout me sera permis :
Tu sentiras méchant les coups de mes finesses,
Tous les jours, en tous lieux je te feray cent pieces :
Ie diray chaque jour que ta méchauceté,
Te fait ternir ton nom par quelque lâcheté,
Ne te souvient-il plus de la sanglante injure,
Que fit ta belle-mere à toy son engendrure,

Alors qu'elle écrivit à Madame ta sœur,
Que tu l'avois traittée ainsi qu'un franc voleur :
Que par le grand excés de ta cruelle rage,
Sans respecter son rang, sa naissance & son âge,
Tu l'avois outragée à grands coups de coûteau,
Et meurtry d'un bâton sa delicate peau,
La Noüe luy dicta cette agreable lettre,
Apres que j'eus mandé ce qu'il y falloit mettre.
Ie ne suis pas encor vengé ny satisfait,
Mais apprends de l'affront qu'en cela je t'ay fait,
Et ce que ie puis faire, & ce que tu dois craindre,
Alors qu'il me plaira de supposer & feindre,
Ie te feray bien pis parmy ceux de Poitiers,
Où discours médisans son receus volontiers ;
Ie te feray passer pour un tres-méchant homme :
Que tu prends sans l'avoir le rang de Gentil-homme :
Que tu n'est pas yssu de l'Illustre Maison,
Dont tu prends faussement les Armes & le Nom.
I'iray disant par tout que le sang de ton frere,
Dont tu fus meurtrier fume encor de colere,
Pour demander à Dieu vengeance contre toy :
On croira ce discours quand il viendra de moy.
Quoy qu'il ne soit pas vray, la vengeance est permise,
A tout homme de cœur qu'on offence & méprise,
Par mensonge affecté, par supposition,
Enfin je terniray ta reputation.
On dit que l'insolent de mes discours se mocque,
Son esprit insensible, & me brave, & me choque :
Ie voudrois contre luy tous les maux assembler,
Ie voudrois de ma main le pouvoir étrangler.

Il se jette sur Lerville.

SCENE

# SCENE TROISIEME.

## LERVILLE FINE-EPICE

### LERVILLE,

Ie fuis Lerville, ô Dieux, que me voulés-vous faire,
Quel fujet avés-vous d'être en fi grand' colere,
Sans doute que quelqu'un vient de vous mal traitter?

### FINE-EPICE.

Point du tout,

### LERVILLE.

Pourquoy donc fi fort vous emporter?

### FINE-EPICE.

Ie penfois à ma fœur, à fon beau mariage,
Ie n'y penfe jamais qu'auffi-tôt je n'enrage,
Car fans ce Parifien j'aurois un jour tout eu,
Si bien qu'à fon egard faut compter pour receu :
Mais qu'avés-vous gaigné fur l'efprit de ma Mere,
L'avés-vous difpofée à donner Laudoüiniere.

### LERVILLE.

J'ay long-temps declamé contre vos frere & fœurs,
Vous aviés en moy feul deux grands interceffeurs,
D'un côté, j'étalois la belle médifance,
De l'autre la vigueur d'une vive éloquence.
J'ay dit mille beaux traits, j'ay fait tout mon pouvoir,
Mais elle n'a rien dit, finon il faudra voir;
Comment vous fouffririés la fille d'une infame,
Succeder à vos biens & s'en dire la Dame?
Vous verrés à vos yeux vôtre maifon perir ?
Et n'y mettrés point ordre avant que de mourir?

C

Toûjours il faudra voir : c'est une chose claire,
Que vous faut-il encor pour conclure l'affaire,
Aidés à Fine-Epice à trouver un party,
Digne du noble sang duquel il est sorty.
Toûjours il faudra voir, & jamais davantage,
A la fin j'ay pourtant connu qu'un Mariage
La pouvoit disposer à donner sa maison,
Et par là seulement vous en aurés raison.

### FINE-EPICE.

Ie suis de vôtre avis & c'est à quoy je pense.

### LERVILLE.

La richesse, l'honneur, la beauté, la naissance,
Sont quatre qualités qu'on voit mal-aisement,
Se rencontrer ensemble, & qui separément,
Ont des charmes puissants que tout le monde estime,
On ne les peut blâmer sans commettre un grand crime,
Et peuvent apporter un honnête plaisir,
Aux esprits avisés qui sçavent bien choisir :
La naissance sur tout, sied bien aux Gentils-hommes,
Quoy qu'on la prise peu dans le siecle où nous sommes:
La beauté d'ordinaire est pour les gens de Cour,
Elle fait des amis en donnant de l'amour.
Mais pour ceux de la Ville ils prisent la richesse,
Elle est aux Officiers plûtôt qu'à la Noblesse.
Il reste maintenant à parler de l'honneur,
Qui suit souvent l'amour d'un lâche suborneur.
Elle est pour tout le monde & quiconque s'engage,
Faisant choix de l'honneur, fait un bon mariage,
C'est un bien merveilleux jointe à l'une des trois,
Sur tout à la naissance elle donne un grand poids.
La naissance & l'honneur, n'ont rien de comparable,

*Et vous y trouverés un bien ineſtimable,*
*Si pour vous marier vous ſuivés mon conſeil,*
*Mais pour les rencontrer faites la guerre à l'œil.*

### FINE-EPICE.

*Et moy plus que cela je priſe la richeſſe.*

### LERVILLE.

*La richeſſe : il eſt vray, mais c'eſt une baſſeſſe,*
*De prendre la richeſſe, ou ſeule, ou ſans honneur.*

### FINE-EPICE.

*Il faut dire plutôt que c'eſt un grand bon-heur.*

### LERVILLE.

*Seriés-vous bien d'humeur à vouloir qu'une infame,*
*Vne riche putain, fuſt un jour vôtre femme :*
*On peut encor trouver de pareils ſentiments,*
*Tels ſont de nôtre ſiecle & les mœurs & le temps.*
*Pour le moins les enfans n'y trouvent pas leur conte,*
*Ils en ont le cœur bas, le front couvert de honte,*
*Et croyent qu'à toute heure on leur va reprocher,*
*Ce crime originel qu'ils ne peuvent cacher.*

### FINE-EPICE.

*Mais encor en parlant à Madame ma Mere,*
*De ce qu'elle a promis & de ce que j'eſpere,*
*N'avés-vous point vanté mes belles actions,*
*Mon adreſſe d'eſprit, & mes inventions :*
*Sur tout d'avoir gaigné, cette belle victoire,*
*Qui conſacre mon nom au temple de la gloire,*
*Vengeant l'indigne mort d'un frere genereux,*
*Que ſon trop de courage a rendu mal-heureux :*
*Laudoüiniere apres tout, n'eſt pas ce qu'elle penſe,*
*Ce n'eſt pas un preſent, c'eſt une recompenſe,*
*Peut-elle moins donner, qu'une belle maiſon*

A celuy qui tira son mary de prison.
Briser les fers d'un Pere, en bravant la Iustice,
Sont les faits glorieux du fameux Fine-Epice.
Voyla ce qu'il falloit luy bien representer,
Sans doute cela seul pouvoit la contenter.

### LERVILLE.

Ne vous y trompés pas, car si je l'en veux croire,
En ces deux actions vous avés peu de gloire
Elle vous croit, ou lâche, ou traître, ou sans raison,
D'avoir conduit vous-mesme un pere en la prison,
Si pour trente deniers cette ame de Corsaire,
Dit-elle, a mis deux fois son Pere en la misere :
Si par l'avidité du reste d'un teston,
Il fut cause qu'un Pere entra dans la prison,
Peut t'il vanter ses faits qui noircissent son ame?
Qui le couvrent de honte, & le chargent de blâme?
Ce fils dénaturé, qui deux fois fut l'autheur,
Du cuisant déplaisir, d'un pere en son mal-heur,
Ose vanter ses faits & veut qu'on l'en estime,
Il demande mon bien pour le prix de son crime:
Pour s'être dépoüillé d'amour ou de raison,
Il me veut dépoüiller aussi de ma maison.
Elle adjoûte à cela, que quand son Estivale,
Retira son mary du fonds de ce dedale,
Vous estiés sur un lit dans un profond sommeil;
Et que le coup fut fait avant vôtre réveil.

### FINE-EPICE.

Il faut bien s'endormir quand le sommeil accable.

### LERVILLE.

De plus dit t'elle aussi, qu'a fait ce miserable,
Vengeant de son aisné l'execrable assassin,

L'argent estoit son but, un accord son dessein,
Ne laissa t'il pas choir de ses mains la vengeance,
Lors que ce bon Chanoine acheta l'innocence ?
Ses sens furent charmés par deux fois vingt écus,
Car pour moins que cela ses pareils sont vaincus,
Les autres plus hardis sans avoir crainte aucune,
Se sont mocqués de luy pour risquer la fortune,
Et sçachant qu'à Paris il estoit sans appuy,
Ont este reconnus innocents malgré luy :
Deux ou trois seulement, n'ayant pas l'asseurance,
De soûtenir le chocq, se sont vûs en potence,
J'entends dans un tableau, mais non pas en effet,
Car dans mesme le temps sans l'avoir satisfait,
Et sans se soucier de ce beau Fine-Epice,
Ils ont berné les Loix, & bravé la Iustice :
On les void tous les jours en tous lieux à Poitiers
Marcher pleins d'insolence, & dans tous les quartiers,
Donc ce grand appareil, cette vaine poursuitte,
A tous ces assassins, n'a pû donner la fuitte.
Voila le grand credit, voila les beaux exploits,
De ce grand chichanneur qui met tout sous ses loix,
Apres avoir vendu son meilleur benefice,
On a veu de retour, le pauvre Fine-Epice.

## FINE-EPICE.

Ce sont la de mes sœurs les aimables discours,
Mais j'en pouray peut-être interrompre le cours.
Pour cela dés demain je fais un Mariage,
Qui leur fera bien prendre un tout autre langage,
Vous sçavés mon dessein, je sçauray les punir,
Et d'auprés de ma mere à jamais les bannir.
Je la veux enlever, & m'en rendre le maître,

Et quand mes sœurs viendront, je leur feray paroistre,
Par les coups genereux du mauvais traittement,
Que j'ay beaucoup de cœur. & de ressentiment,
Ie prendray grand plaisir, à voir ces insolentes,
Aller deça, dela, comme Etoilles errantes,
Ou comme le Soleil, faire douze maisons,
Et changer de demeure, à toutes les saisons.
Ie me veux rendre aussi, Maître de Laudoüiniere
Mais j'apperçois venir Perrette ma Fermiere.

### LERVILLE.

Ie vous laisse avec elle.

### FINE-EPICE.

On poura vous revoir,

### LERVILLE.

Vous avés sur Lerville un absolu pouvoir.


# SCENE QVTRIEME.

## FINE-EPICE, PERRETTE, L'ABBE' DV BOIS.


### FINE-EPICE.

Bon jour Dame Perrette,

### PERRETTE.

Ah ! Monsieur Fine Epice,
Ne sçaurois-je flechir les rigueurs de Iustice.

### FINE-EPICE.

Ou je me trompe fort, à voir vôtre douleur,
Il vous est arrivé quelque êtrange mal-heur.
Ce jeune adolescent, est de fort bonne indole
Il pleure de tendresse, est-ce un Maître d'école

## PERRETTE.

*C'est mon fils.*

## FINE-EPICE.

*Vôtre fils, qu'à-t'il à soûpirer?*

## PERRETTE.

*Vne mesme douleur nous fait tous deux pleurer.*

## FINE-EPICE.

*Il faut vous consoler.*

## PERRETTE.

         *I'en ay perdu l'envie,*
*Et dois passer en pleurs le reste de ma vie,*
*Si je ne trouve en vous, un amy genereux,*
*Qui détourne le cours du sort trop rigoureux:*
*Enfin Monsieur, je suis à jamais miserable,*
*Si vous ne me prestés une main charitable,*
*Qui m'apporte un secours, hardy, puissant, & prompt,*
*Pour garentir mon sang, de ce sanglant affront.*

## EINE-EPICE.

*Maîtresse promptement contés-moy vôtre affaire;*
*Vous sçaurés en deux mots, ce qu'il y faudra faire,*
*L'accident est fascheux, si je n'en viens à bout.*

## PERRETTE.

*Vous la sçavés, Monsieur, & vous y pouvés tout.*

## FINE-EPICE.

*Vrayment si j'y puis tous, vous estes consolée.*

## PERRETTE.

   *Vous ne sçavés que trop comment la Belle-allée,*
*Ayant pour son mary pris de l'aversion,*
*Porta ses vœux ailleurs & son affection:*
*Son extreme beauté luy reprochoit dans l'ame,*
*D'avoir pour un seul homme une si grande flame,*

Le Soleil donne à tous l'eclat de sa clarté :
Elle veut rendre à tous l'éclat de sa beauté :
Et delivrant son corps d'un estat tirannique,
De femme legitime elle devint publique.
A Rome la Laïs, la Neveu dans Paris,
N'ont point tant eu d'amants & tant de favoris ;
Elle donnoit leçon aux premiers de la Ville,
Aux Nobles de campagne, aux enfans de familles
Enfin de toutes parts, & de tous les côstés,
On venoit rendre hommage à ses rares beautés.
Dans le Temple d'Amour de cette Courtisanne,
On voyoit tous les jours le saint, & le prophane,
Adorer ses appas, contenter leurs desirs,
Et goûter à long traits mille amoureux plaisirs.
Mais ô loy rigoureuse à la race des hommes
C'est un point arresté dans le monde où nous sommes
Qu'il n'est point de beau jour, qui n'attende la nuit,
Quand le calme est venu, l'orage le détruit :
Et tel est le destin, des fortunes humaines,
Qu'au milieu du bon-heur on moissonne les peines
On n'en sçauroit trouver à l'abry de tout vent,
Et le mauvais succés l'accompagne souvent.
Telle fut la fortune, en nôtre Belle allée,
Qui la rendit bien-tost, & triste, & desolée,
Par les emportements, de son indigne époux ;
Qui troubla ses plaisirs, & s'en rendit jaloux.
Il bannit les festins, la dance, & la musique ;
Tant il estoit bijeare & fascheux, & critique.
Mais son aversion ne pût pas toutesfois,
Chasser un certain branle, & bannir les haut-bois.
Tous les jours les galands donnoient des serenades,

Tous

Tous les jours ce mary faisoit cent algarades,
La Belle-allée enfin n'en pouvoit plus souffrir,
Il falloit se resoudre, à le perdre ou mourir,
Et pour se délivrer, de cette étrange peine
Elle conclud sa mort, pour éviter sa haine.
A trois de ses voisins, elle dit son dessein,
Qui pour l'executer, luy presterent la main,
Elle attendit le temps, que ce jaloux infame,
S'endormit lâchement, dans l'oubly de sa femme,
Et de ses trois voisins employant le secours,
De son fascheux jaloux elle acheva les jours.
Certains accusateurs disent que c'est un crime,
D'avoir sacrifié cette infame victime,
Autant à son amour, comme à sa liberté,
Et traittent sa vigueur du nom de cruauté.
Peut-t'on mieux meriter une gloire infinie,
Qu'en secoüant le joug de cette tyrannie?
On l'a mise en prison, on luy fait son procés.

### FINE-EPICE.

Vous avés grand sujet d'en craindre le succés,
Vôtre tante a commis une action cruelle,
Qui la couvre de blâme, & la rend criminelle.

### L'ABBE' DV BOIS.

Ma mere il est bien vray ma tante a fort grand tort,
Et selon l'Ecriture à merité la mort,
Mais nous pourons peut-être adoucir la Iustice,
Moyennant la faveur de Monsieur Fine-Epine.

### FINE-EPICE.

Ie feray mon possible à la mettre dehors.

### PERRETTE.

Mais ce fascheux mary tyrannisoit son corps

D

Avec tant de rigueur, d'une telle maniere,
Qu'elle estoit avec luy comme une prisonniere.
Pour secoüer ce joug on doit tout attenter.

### FINE-EPICE.

Quand on a son mary l'on doit se contenter.

### PERRETTE.

Appellés-vous mary cet homme trouble-feste ?

### FINE-EPICE.

Reçoit-t'on sans se plaindre un bois dessus la teste ?

### PERRETTE.

Ces discours importuns, ces vieux contes d'honneur,
Ce bois qu'on ne voit point dont les marys ont peur,
En effet ne sont rien que de folles chimeres,
Dont les esprits bien-faits ne se tourmentent gueres.
De si foibles raisons ne pouvoient aveugler,
Un esprit si bien fait, un jugement si clair.
Vouloit-t'il que sa femme estant si bien servie,
Refusast le plaisir où l'âge la convie ?
Vouloit-t'il qu'elle fust sans cœur & sans pitié,
A tous ceux qui pour elle avoient tant d'amitié ?
Elle devoit souffrir ce mary peu traittable,
Pour être à ses amis toûjours inexorable·
Elle devoit souffrir qu'il la vint outrager,
Qu'il luy tordist le nez, qu'il la fist enrager;
Elle devoit languir seule ainsi qu'un hermite,
Vivre comme un esclave aupres de son Comite,
Et ne sortir jamais le seüil de la maison,
Non plus qu'hors sa coquille on voit le limaçon.
Helas ma pauvre tante, en ce siecle où nous sommes,
Voilà comme il faut vivre, ou renoncer aux hommes·
Feu Maistre Iean Robin estoit fascheux mary,

*Mais il ne fit jamais de pareil ourvary,*

### FINE-EPICE.

*Qu'a-t'on fait des voisins ? sont-t'ils pris avec-elle?*

### PERRETTE.

*Ma tante ayant connu qu'une action si belle*
*Pouroit se découvrir apporta tous ses soins,*
*A les faire mourir pour oster les témoins ;*
*Quelques secrets amis de nôtre parentage,*
*Les ont occis tous trois au milieu d'un voyage.*

### FINE-EPICE.

*Sans doute apres cela vous devés avoir peur,*
*A peine pourés-vous détourner ce mal-heur.*
*La derniere action aggrave la premiere,*
*Vôtre tante a l'humeur un peu bien meurtriere.*

### PERRETTE.

*Hé Monsieur quittiés vous le soin de m'obliger.*

### FINE-EPICE.

*Mon dessein au contraire est de vous soulager,*
*Et si je l'entreprends vous n'avés rien a craindre,*
*Encor qu'assurément j'ay sujet de me plaindre:*
*Car pour vôtre Cathault mon cœur estoit épris,*
*Mais vous avés traitté mon amour de mépris.*
*Ie vous faisois honneur prenant vôtre alliance,*
*Vous m'en deviés du moins donner la preference.*

### PERRETTE.

*Il est vray mais alors vous aviés un procés,*
*Dont vos meilleurs amis craignoient fort le succés.*

### L'ABBE' DV BOIS

*Vous avés à Monsieur, refusé vôtre fille,*
*Il seroit aujourd'huy l'appuy de la famille*
*Et ma tante seroit sans crime & sans mal heur,*
*Si Monsieur eust esté le mary de ma sœur.*

D ij

## FINE-EPICE.

*Ie vous aurois pourvû d'un fort bon Benefice,*
*Vous n'auriés pas gratis recité vôtre Office,*
*Et vous seriés Abbé.*

## L'ABBÉ DV BOIS

*D'une commune vois,*
*On m'appelle par tout Monsieur l'Abbé du Bois.*

## FINE-EPICE.

*Cette belle Abbaye est-t'elle en Thebaïde.*

## L'ABBÉ DV BOIS

*Tout le monde y prend part elle est en sainte Elpide,*
*Pour s'ôter du commun l'on prend par vanité,*
*Le Titre relevé de quelque dignité.*

## FINE-EPICE.

*Ce jeune homme a du cœur je prise sa maxime,*
*Chacun n'est en effet qu'autant comme il s'estime.*
*A Dieu consoles-vous, je m'en vais au Palais,*
*Prendre de bel hauteur en main vos interests*
*Reposes-vous sur moy, que si dans vôtre affaire,*
*Vous n'estes satisfaits, c'est qu'on n'y peut rien faire.*

# ACTE II,

## SCENE PREMIERE,

### LE CVISTRE seul.

Fine-Epice pourtant, n'eſt pas trop décrié,
Il ne tiendra qu'à luy qu'il ne ſoit marié;
Le pere en eſt d'accord, la fille le ſouhaitte,
L'argent eſt tout compté, c'eſt une affaire faite,
Nous en avons tous trois bû le vin du marché,
Mon Maître ſ'il m'en croit n'en ſera point faſché:
Quatre mil Loüis d'or que j'ay vûs dans la bource,
Seront pour Fine-Epice une belle reſſource:
Autant ou plus encor, qui luy viendront un jour.
Ne ſont-t'ils pas pour luy de beaux objets d'amour,
A la naiſſance preſt c'eſt une bonne affaire,
Mon Maître ne doit point heſiter à la faire:
J'avois tantôt grand tort de l'en décourager,
Ces grands tas de Loüis l'y doivent engager.
Mais ces Loüis, dit t'on, viennent de la potence;
N'importe c'eſt toûjours une belle finance.
Et quoy que dans l'ordure on rencontre un threſor,
On le doit ramaſſer, l'or eſt toûjours de l'or.
Se piquer de Nobleſſe, avoir l'ame fort belle,
Dans le ſiecle preſent c'eſt une bagatelle.
Ce Monſieur le Boureau, quoy que d'un vil métier,
Eſt ſans nul contredit le coq de ſon quartier:

Il voit souvent chés luy les premiers de la Ville,
Les uns cherchent son Vin, & les autres sa fille :
Son Vin de tous les Vins est le plus excellent,
Et l'esprit de sa fille est fort doux & galant :
Les uns viennent causer, les autres viennent boire
Les uns aiment le Vin, & les autres l'histoire.
C'est pourquoy cette fille est en fort grand hazard,
Si mon Maître la prend dépouser un cornard :
Quiconque est comme luy d'une foible structure,
A pour porter du bois, la taille, & l'encolure.
Mais lors que je m'amuse à ces belles amours,
Des miennes sottement j'abandonne le cours.

Cher objet de mes yeux, adorable Pointuë,
Encôre que tu sois, & voutée, & bossuë,
Ton front en recompense est de belle longueur ;
Tes yeux petits & ronds si remplys de rougeur,
Sont comme des canaux qui portent dans mon ame,
Pour consommer mon cœur mille brandons de flame.
Ma petite amitié cela n'est pas un jeu,
Vos regards trop hagards m'ont mis le cœur en feu,
Et Dimanche dernier c'est chose bien certaine,
Que je pensay mourir, quand je vous vis en Reine,
Dessus vôtre boutique, avec de beaux bijoux,
Appeller les passants pour leur donner à tous,
Les aimables baisers de vôtre belle bouche,
Sans faire la fascheuse, & la sainte mytouche :
Je vous baisay sept fois, mais avec tant d'amour,
Que j'en demeuray là pour ne perdre le jour.
Mon cœur si je possede un jour cet avantage,
Que nous soyons tous deux conjoints par mariage,
Ainsi que la Rodette aujourd'huy m'a promis :

Sans craindre un cœur jaloux tout vous sera permis.
Vous ferés en cachette en l'arriere boutique,
Ce que l'on vous voit faire en la place publique.
Vous pourés aux galands donner des rendés-vous,
Sans crandre de blesser l'honneur de vôtre époux.
Vous vous déguiserés les nuits en paysane,
Pour prendre le deduit comme une Courtisane,
En ce plaisant estat l'on vous verra dancer,
Avec Dancereau sans nul mal y penser :
Quel plaisir de vous voir par ce beau fils menée,
A la Croix de la Garde allumer la jaunée :
Qui pouroit vous blâmer d'aimer les beaux garçons,
Vous suivés en cela de fort belles leçons ;
Digne Niéce en effet de nôtre Belle-allée,
Vous ne sçauriés manquer d'être bien cajollée,
Mais pour suivre ses faits sans craindre son mal-heur,
Epousés un mary qui méprise l'honneur.

## SCENE SECONDE.

### LE CVISTRE . FINE-EPICE , LERVILLE.
### LE CVISTRE,

Monsieur,

### FINE-EPICE.

Chut parle bas.

### LE CVISTRE

J'ay conclud vôtre affaire.

### FINE-EPICE.

Va de ce pas m'attendre au plan de saint Hilaire,
Cet homme est mon amy, mais pour me marier
Quel que soit mon amy je ne m'y puis fier.

Enfin voila comment l'affaire se'ft paſſée,
La veuve de Robin Niéce de l'accuſée,
Implore mon ſecours en cette extremité,
Et recherche l'appuy de mon authorité.

### LERVILLE.

N'y penſés point Monſieur l'action eſt trop noire,
A ſervir les méchants on perd toute ſa gloire.

### FINE-EPICE.

Belle ou noire il n'importe , enfin je l'ay promis,
Ie feray voir par là que j'ay beaucoup d'amis.

### LERVILLE.

Mais ſi vous ſuccombés & n'y pouvés rien faire,
Si ſon deſtin la livre à mort patibulaire,
Vôtre injuſte deſſein vous comblera d'ennuy,
Vous perdrés vos amis vous ſerés ſans appuy,
Et vôtre authorité de chacun mépriſée,
De tous les gens de bien vous rendra la riſée :
On ne doit pas ainſi prodiguer ſa faveur,
Pour un acte cruel qui donne de l'horreur.
Proteger un méchant l'oſter de la potence ,
C'eſt attirer ſur ſoy la Celeſte vangeance.
Abſoudre un crime enorme une indigne action ,
C'eſt meriter ſa peine, & ſa punition.
Cette femme cruelle avide de carnage,
Au ſein de ſon époux oſa porter ſa rage :
Ce monſtre deteſtable à tout le genre humain,
Dans le ſang d'un époux oſa tremper ſa main :
Apres ce coup ſanglant d'une fureur extreme,
Apres avoir détruit la moitié de ſoy-même ;
A cette autre moitié l'on ne peut pardonner,
A ſon crime , à ſa rage il faut l'abandonner ;

Apres

Apres que les pechés de cette ame infernale
Eurent long-temps souillé sa couche nuptiale,
Elle osal'a noyer dans le sang d'un époux ,
Et quand on l'en reprend elle a recours à vous.
Puis qu'a ses trois voisins dont elle fut seruie ,
Cette cruelle ingratte a fait perdre la vie :
Pour bien recompenser vos charitables soins,
Craignés un sort égal n'en attendés pas moins.

### FINE-EPICE.

Ie viendray bien abour de cette grande affaire ,
Apres ce que j'ay fait , que ne puis-je point faire !
Vous connoissés Du Bois ce mal-heureux Sergent ,
Vous scavés l'assassin que commit ce meschant ,
Qu'il égorgea Griou pauure , mais fort bon homme :
Affin de luy voler une petite somme :
Quand ce coquin fut pris , il eut à moy recours ,
Feu Robin son cousin implora mon secours :
On luy fit son proces, & dans toutes les formes ,
On l'alloit condemner , pour ses crimes enormes :
Si tôt que j'apperceus , que le vent du bureau,
Estoit qu'on le livrast à la main du boureau ,
Ie sceus adroitement éloigner la sentence ,
Et luy fis pour ce coup eviter la potence ,
Il est dans les prisons depuis deux ou trois ans ,
Mais le tout pour un crime est de gaigner du temps ,
Ie l'en feray sortir .

### LE CVISTRE.

Vous aurés de la peine .

### FINE-EPICE.

Comment , pourquoy ?

E

## LE CVISTRE.

Ie ſçay de ſcience certaine,
Que par commiſſion qu'il a receüe expres,
L'Aſſeſſeur du prevoſt travaille à ſon proces:
Il la chargé de fers, & tout le monde avoüe,
Que le pauvre du Bois doit perir ſur la roüe:
Pour un meurtre commis par un lâche aſſaſſin,
Aux portes de Poitiers, & ſur le grand chemin,
On en doit faire exemple, & tout le monde accorde,
Qu'on luy fera faveur s'il perit par la corde.

## LERVILLE.

Laiſſés à leur deſtin, ces infames Robins,
Ces reſtes de gibets, voleurs de grands chemins;
Laiſſés à leur mal-heur, cette race Robine,
Ce gibier de Boureaux, où le ſort les deſtine;
Leurs crimes pleins d'horreur l'un ſur l'autre entaſſés,
La roüe & les gibets, dont ils ſont menacés,
Depuis plus de cent ans à ces lâches canailles
Dreſſent de pere en fils d'infames funerailles.
Le proverbe en eſt fait & l'on dit dans Poitiers,
Quand on pendoit Robin il duroit volontiers.
Vous connoiſſés encor Rodette la ſorciere,
Elle eſt l'illuſtre ſœur de vôtre priſonniere.
Pouvés-vous proteger de plus infames gens,
Vous opprimés pour eux, la veuve, & ſes enfans,
Monſtrés vôtre credit à leur faire aſſiſtance,
Et ne vous rendés pas oppreſſeur d'innocence:
Servant la Belle-allée au de là de l'autel,
Vous eſtes protecteur & ſuppoſt de bordel;
Et ſervant ce Sergent atteint d'être fauſſaire.
Vous donnés à penſer qu'il eſt vôtre emiſſaire,

Où que pour vôtre fait le voyant poursuivy,
Vous le voulés servir, comme il vous a servy ;
Protegés vous aussi la fameuse Bourbelle,
Cousine de Robin, sorcière, & maquerelle :
Pour la bien proteger vous estes venu tard,
De Mourir dans les feux elle court grand hazard,
D'un jugement de mort l'infame est appellante,
Et si elle en revient, c'est contre nôtre attente.

### FINE-EPICE.

Chacun sçait qu'à Paris ' Messieurs du Parlement,
Ne croyent aux sorciers que difficilement.

### LERVILLE.

Mais vous qui protegés, Robin & sa famille.
Parlés en sçavés vous de plus belle en la ville ,
Et qui plus dignement exerce les boureaux '
Par la production de ses crimes nouveaux.
L'une joint l'adultere, avec le parricide :
L'autre joint làchement le vol à l'homicide :
On livre à la Bourbelle un horrible combat ,
Et la Rodette enfin frequente le sabat '
Tous ces plaisants Robins , ces infames superbes,
Attachés aux gibets font naistre des proverbes,
Pardonnès moy Monsieur vous avés peu d'honneur,
D'estre de ces gents la l'unique protecteur,
Vous leur faictes grand tort, & cette Belle-Allèe,
De s'adresser à vous est fort mal conseillèe :
Vous n'estes pas fort bien dans le presidial.

### FINE-EPICE.

La fortune est changée & je n'y suis pas mal.
Tous ensemble à l'envy cherchent l'heur de me plaire,
Et vivent avec moy comme avec leur confraire

E ij

Quand on veut contre moy commencer un procés,
Ie ne sçaurois jamais en craindre le succés :
Car pour me le montrer on retient la Requête,
Et dés le premier pas mon plaideur on arrête :
Mais quand je veux plaider, Messieurs les Conseillers,
Postés pour me servir comme des fuseliers,
Font tout ce qui me plaist & par eux la Iustice,
A mes justes desseins se rend toûjours propice.
Ie fais ce que je veux dans le Presidial,
Vous pouvés donc juger que je n'y suis pas mal.
Ie l'avouë avec vous que cette Belle-allée,
De tous les gens de bien doit être abandonnée
Du Bois, & la Bourbelle, ont merité la mort,
On les dévroit livrer aux rigueurs de leur sort :
La Rodette est infame, & son hideux visage,
Tous les jours va tramant quelque maquerelage :
Ie feins les assister mais afin d'eprouver,
Ces amis qu'au besoin je veux un jour trouver :
Ie connois si leurs cœurs sont feints ou veritables
En me joüant du sort, de tous ces miserables,
Et loing de proteger ces superbes Robins,
Ie connois leur bassesse, & je tends à mes fins :
Enfin ..... voila la sœur de nôtre prisonniere.

LERVILLE.

Fuyons l'abord fascheux d'une infame sorciere,
Si vous n'y prenés garde elle vient droit à nous

FINE-EPICE.

Dieux que vous estes foible, he bien que craignés-vous.

LERVILLE.

I'ay peur que ses regards me fascinent la vuë.

# SCENE TROISIEME.

## LE CVISTRE, LA RODETTE.

### LA RODETTE.

*Ie n'y veux plus penſer l'affaire eſt reſoluë,*
*Bon-jour mon cher couſin comment vont vos amours.*
*Penſés-y tout de bon,*

### LE CVISTRE.

       *I'y penſe tous les jours,*
*Ie ſuis fort bien receu, ma petite Maîtreſſe,*
*Prend beaucoup d'intereſt en ce qui m'intereſſe.*

### LA RODETTE.

*A vous prendre bien-tôt je la veux engager,*
*Et vous pouvés tous deux en cela m'obliger.*
*I'ay peur qu'un autre amant ne vienne à la traverſe,*
*Qui trouble nos deſſeins, les broüille. ou les renverſe:*
*I'ay vû dedans mon livre un grand diable en procés.*
*De ce qu'il entreprend j'ignore le ſuccés,*
*Tâchons d'avoir pour nous l'aſtre de la journée,*
*Pour corrompre le cours de cette deſtinée,*
*Donnés à mes ſouhaits vôtre conſentement.*

### LE CVISTRE.

*Couſine je conſents à tout aveuglément.*

### LA RODETTE.

*C'eſt aſſés je feray tout ce qu'il faudra faire.*

### LE CVISTRE.

*Parlons de vôtre ſœur, comment va ſon affaire*

### LA RODETTE

*N'en parlons point du tout, ſon affaire va mal,*
*Elle doit ſuccomber à ce démon fatal.*

Qui depuis deux cens ans travaille la famille,
La fait montrer au doigt comme approbre à la Ville
Elle a pû l'éviter, & ma sœur & du Bois,
Finiront au gibet comme j'ay dit cent fois:
Quiconque de la nuit peut penetrer les voiles,
Et d'un œil transcendant lire dans les étoiles;
Des astres mal heureux sçait détourner le cours,
Et contraindre la parque à filer de beaux jours,
Il fixe à ses desseins les vertus sublunaires,
Et joint leur influence aux astres salutaires,
Avec un talisman constellé doctement,
Sous le plus bel aspect qui soit au firmament,
Ils n'auroient jamais eu que plaisir & que joye.
La parque auroit filé leurs jours avec la soye,
Au lieu qu'ils sont filés d'un mal-heureux cordeau,
Dont les doit étrangler un infame Boureau

LE CVISTRE,
Pour cela faudroit faire un pacte avec le diable.
LARODETTE
Cousin vôtre ignorance est crasse, & detestable,
Au contraire on empesche, on détourne le mal,
Que verse sur nos jours cet esprit infernal,
Aux métaux figurés sous la bonne influence,
On fixe une vertu qui détruit sa puissance;
Le mal vient du demon, on ne reçoit de luy,
Que perte, que douleur, que tristesse, qu'ennuy,
Pour détourner le cours du mal qu'il nous peut faire:
On choisit dans les Cieux un astre salutaire,
Dont la douce influence arrestée aux métaux,
Peut malgré les demons détourner tous nos maux,
On nomme ces secrets, la science des sages,

Les doctes Caldéens, les Arabes, les Mages,
Ont par là disposé du Celeste pouvoir,
Mais les occidentaux n'en ont pû rien sçavoir :
Si quelqu'un cultivoit cette belle science,
On voyoit contre luy s'élever l'ignorance.
Les Loix le condamnoient comme un faux magicien,
On l'appelloit sorcier, devin, necromancien,
Et contraint de subir sa triste destinée,
Il voyoit par les feux sa course terminée.

### LE CVISTRE.

J'écoute avec respect ce qui vient des sçavants,
Mais comme on peut donner à ces beaux talismans,
La secrette vertu d'un astre qui nous plaise,
N'y peut-t'on pas aussi fixer une mauvaise ?
Y joindre le pouvoir de l'esprit infernal,
Et donner comme on veut, soit le bien, soit le mal.

### LA RODETTE

Il est vray le sçavant est le Maistre des Astres
Il donne le bon-heur, ainsi que les desastres,
Il a sur sur les demons un absolu pouvoir,
Et les force d'agir quand il les sçait mouvoir.

### LE CVISTRE.

Et c'est ce qu'on appelle une magie noire,
Ainsi qu'il est écrit au livre du Grimoire ;
Et celuy qui la sçait, on l'appelle sorcier,
On le fuit, on l'abhorre, on ne s'y peut fier :
Qu'il fasse bien ou mal, on cherche à s'en défaire,
On le punit du mal, qu'il fait, ou qu'il peut faire.

### LA RODETTE.

C'est ainsi mon amy qu'on voit les ignorants,
Sous le poids de leur nombre opprimer les sçavants :

Qui pouroit approuver cette belle Iustice,
De condamner aux fers, d'envoyer au supplice,
Vn homme qui peut faire, & le mal & le bien,
Quelle Iustice ô Dieux je n'y connois plus rien :
On doit pareillement, & par même maxime,
Punir un Medecin qui peut commettre un crime,
D'autant qu'un Medecin peut tuer, ou guerir,
Peut ou nous faire vivre, ou nous faire mourir :
On doit faire le même à la Magistrature
Qui fait ou qui peut faire vne sanglante injure,
Qui se fait respecter à cause que souvent,
Elle absout le coupable & punit l'innocent.

# SCENE SECONDE.

## PERRETTE, LA POINTVE, LE CVISTRE

### LA RODETTE.

J'estois en belle humeur d'en dire davantage :
Mais il nous fault penser à nôtre mariage,
Ma fille vient icy nous en pouvons parler,
Son esprit est adroit. & sçait dissimuler,
Ne vous descouvrés point : Ou courés ma fille ?

### PERRETTE.

Conserver si je puis l'honneur de la famille.

### LA RODETTE

Fort inutilement vous employés vos soins,
Il faudroit renverser les lois, & les témoins,
Et plus que tout cela détourner l'influence,
Qui depuis si long temps la livre à la potence :

### PERRETTE.

[]

## PERRETTE.

Que vous estes cruelle injuste & sans pitié,
De n'avoir pour ma tante aucun grain d'amitié,
Considerés les maux ou son mal heur nous jette.

## LA RODETTE

Ie le vois mieux que vous, mais que faire Perrette?

## PERRETTE.

On peut à la douceur porter nos ennemis.

## LA RODETTE

A perdre vôtre tante ils sont trop affermis.

## PERRETTE.

Employons nos amis, pour flechir la justice,
I'espere la faveur, de Monsieur Fine-Epice.

## LA RODETTE

Ne vous amusés plus, à pleurer, ny crier,
Vous avés une fille, il la fault marier,
Ie connois nn party.

## PERRETTE.

Ma mere estes vous sage?
De venir à present, parler de mariage:
Vraymēt pour m'en parler vous prenés bien le temps,
Vôtre petite fille a peut-estre treize ans.

## LA POINTVE

I'en ay seize passés, quoyque je sois petite,
Ie crois de jour en jour, & le sein me profite.

## PERRETTE.

Ma fille porte au mal son inclination.

## LA RODETTE.

Vrayment vous la blâmés d'une bonne action,

## PERRETTE.

La voulés vous flatter en son humeur friponne,

F

Afn qu'à quelque amour la sotte s'abandonne.
A son âge elle saute & court comme un garçon,
J'ay beau tous les matins luy faire sa leçon,
Elle en est tout le jour encor plus libertine,
A suivre ses plaisirs elle est toûjours encline.

## LA RODETTE.

C'est pourquoy vous devés la pourvoir promptement,
Car vostre fille peut se perdre en un moment,
Et puis qu'elle est encline à ce libertinage,
Il la faut arrêter par les soins du ménage:
Vostre tante comme elle aimoit sa liberté,
Et malgré nos avis suivoit sa volonté:
Evités son mal-heur qu'elle serve d'exemple,
Elle est à toutes deux une leçon bien ample.

## PERRETTE.

Ie luy dis tous les jours.

## LA RODETTE

    Ma foy sans tant crier,
Vôtre plus court chemin est de la marier.

## PERRETTE.

La marier si jeune !

## LA POINTVE,

   Appellés vous jeunesse....

## PERRETTE

Taisés vous.

## LA RODETTE

  Faut parler avec moins de rudesse.

## PERRETTE

Ie ne sçaurois souffrir ses petites façons,
Vous luy devés donner de meilleures leçons,
Vous vous moqués bien d'elle avec ce mariage,

## LA RODETTE

Ie ne me moque point, & ie dis davantage
Que pour la marier j'ay trouvé son party,
Vous mesme jugeres qu'il est bien assorty,
Pour cela ie feray tout ce que ie puis faire.

### PERRETTE.

Faites comme il vous plaist vous en estes la mere.

### LA RODETTE.

Ie veux la mariant la dotter de mon bien,
Laißés-moy faire un choix qui ne vous coûte rien.

### LA POINTVE.

Ie suis à vos bontés grandement obligée.

### PERRETTE,

J'auray bien du plaisir d'en être déchargée.

### LA RODETTE.

Vous me la laißés donc,

### PERRETTE.

Ie la voulois mener

Aux prisons avec moy,

### LA RODETTE

Nous irons vous trouver.

# SCENE CINQVIEME.
## LE CVISTRE, LA POINTVE LA RODETTE.

### LE CVISTRE.

Cher objet de mes vœux qui lancés dans mon ame
Mille & mille brasiers d'une amoureuse flame,
Tout prest de posseder un souverain bon heur

### LA RODETTE

Tréve de compliment vous luy faites honneur:

F ij

Je m'en vais promptement pour conclure l'affaire,
Arrêter le Contrat chés Bourbeau le Notaire.
Du mefme pas en fuitte & fans perdre le temps,
Je me feray donner la difpenfe des bans,
Et fans qu'il foit befoin d'attendre davantage,
J'efpere avant la nuit faire ce mariage.
Vous aurés tous deux foin de gouverner mon bien,
Je veux tout vous donner fans me referver rien :
Pourvû que vous viviés enfemble fans querelle,
Qu'aucun mauvais foupçon ne vous mette en cervelle,
L'argent de toutes parts viendra dans la maifon,
Et vous poffederés toutes chofes à foifon,
De rien l'on ne fait rien, toutesfois avec peine,
Ce rien à peu de chofe à la fin l'on ameine,
Et de ce peu de chofe on peut en s'efforçant
Faire un petit amas qui va toûjours croiffant,
Qui peut devenir grand pourvû qu'on le ménage,
Comme on a commencé toûjours en homme fage.
Prenés exemple à moy qui n'avois du tout rien,
Et qui prefentement poffede un fort beau bien
Je ne méprifois pas, comme font les coquettes,
De vendre tous les jours des pacquets d'allumettes,
Sur le foir ou la nuit avant de me coucher ;
J'attrapois quelque chien afin de l'écorcher,
Dans la chaude faifon fans faire l'empêchée,
Je vendois chaque jour pour cent fols de jonchée.
En ce petit eftat, en mon commencement,
Ma commere Jacquette un jour me rencontrant,
Me dit tout haut, les poux me mordent bien Rodette,
Je répondis, auffi font-t'ils bien moy Jacquette,
Quelqu'un qui paffoit lors entendit ce difcours,

Il en fit un proverbe & ce proverbe a cours,
  Quand on veut a quelqu'un reprocher sa bassesse,
Ou qui mal à propos se pique de Noblesse
On doit se mettre à tout pour fuir la pauvreté,
D'en user autrement c'est une lâcheté :
Enfin je fis si bien & de telle maniere,
  Qu'au faux-bourg S. Sornin proche de la riviere,
J'acquis un petit pré que je payay content,
Il me restoit pourtant encor un peu d'argent
Je renversay mon pré, j'en fis des jardinages,
J'y plantay des fruitiers, j'y semay des potages,
Je portois tous les jours des herbes au marché,
Et n'en revenois point qu'aprés Soleil couché;
A la fin je devins la Maîtresse fruitiere,
Et quelque temps apres Madame l'Harangere.
Voulant me marier je fis choix d'un Boucher,
Qui sçavoit prestement les bêtes écorcher ;
J'en eus quelques enfans, Perrette mon aisnée,
Epousa Jean Robin de qui vous estes née :
Encor qu'avec regret il fallut luy donner,
Car Perrette déja s'estoit fait robiner ;
Vous sçavés mon cousin que la chair est fragille,
De ce qu'on fait chés vous n'abbreuvés point la Ville :
Quand même vôtre femme auroit fait un peché,
Vous n'avés pas sujet d'en faire l'empêché,
Ces phantômes d'honneur sont de mauvais preceptes,
Le soin de s'enrichir a bien d'autres receptes.

### LE CVISTRE,

Puis qu'à nôtre bon-heur nous sommes arrivés,
Nous adorons les loix que vous nous prescrivés.

# SCENE SIXIEME.

## LE CVISTRE, LA POINTVE.

### LE CVISTRE.

Ie ne ſçaurois ma belle exprimer l'auantage,
Que nous allons trouuer en nôtre mariage,
### LA POINTVE.

Le ſeul bien que j'y trouue eſt de vous poſſeder,
A tout autre bon-heur celuy-là doit ceder :
Mais j'appeçois venir nôsre Abbé trouble-feſte,
S'il nous rencontre enſemble il fera la tempête,
De grace éloignés-vous.

# SCENE SEPTIEME.

## L'ABBE' DV BOIS, LA POINTVE,
## LE CVISTRE ſe cache.

### L'ABBE' DV BOIS.

Comment cet homme fuit,
C'eſt un de vos galands ma preſence luy nuit :
Quel ſujet avés-vous de craindre ma preſence,
Ie voudrois avoir part en vôtre confidence,
Sçavoir vos entretiens, & vos petits ſecrets,
Nul autre plus que moy n'y peut prendre intereſt
Eſt-ce que vous croyés mon humeur trop ſauvage,
Pour ſouffrir des amants le petit badinage.
### LA POINTVE

Allés vous promenér Monſieur l'Abbé Du Bois
Aux Myſteres d'amour on ne peut eſtre trois.

## L'ABBE' DV BOIS

Oüy quand on fait du mal, comme tu fais sansdoute.

### LA POINTVE

Ne parlés point d'amour car vous n'y voyés goute

### L'ABBE DVBOIS

Ie l'enteends mieux que vous.

### LA POINTVE

Vous estes dameret
Avecques la soutanne & le petit colet.

### L'ABBEDVBOIS

La bosse sur le dos & la teste pointüe,
Vous avés des galants qui parlent dans la rüe:
Ce sont de fins galants leur dessein est fort beau,
Ils n'oseroient chés nous faire le piéd de veau:
Vous ferés beaucoup mieux d'aller voir vôtre tante;
Venés y de ce pas.

### LA POINTVE

Me traitter en servante.
Ie veux auparavant vous dire mes secrets,
Nul autre plusque vous n'y peut prendre interests.
Pourquoy me tirailler vous nestes pas trop sage.

### L'ABBE DV BOIS.

C'est que je suis d'humeur un peu rude & sauuage.

### LE CVISTRE.

La peste du pitault ce bougre de pied plat,
Ce moine deffroqué, ce traitre renegat,
Maltraitte insolemment ma petite maistresse,
A venger cet affront mon amour s'interesse:
Laissons les touttes-fois, il la meine aux prisons,
Afin de luy donner ses petites leçons:
Ces gents de pere en fils s'entreservent d'exemple,

Et trouvent dans leur nom l'instruction fort ample:
Mais les parents pendus sont de mauvais docteurs,
Quand les autres sont nés pour être mal-faicteurs.
Ma foy mon maistre & moy trouvons en mariage
Selon nôtre merite un fort grand avantage,
Nous rencontrons tous deux d'assés plaisants partis:
Nous ne pouvions jamais être mieux assortis;
Mon Maistre du boureau doit épouser la fille,
Et moy je dois entrer dans l'illustre famille,
Qui passe fort souvent par la main du Boureau,
Lequel des deux partis vous semble le plus beau?

# ACTE III.

# ACTE III.

## SCENE PREMIERE.

LA BELLE ALLE'E Seule en prison.

O Mbre pâle d'enfer qui retournes sans cesse;
Va dire à mon jaloux que je n'ay plus d'amant:
Ie ne suis plus sa femme & rien ne l'interesse,
  A croître mon tourment.

A quoy bon chaque nuit plus froide que la glace,
Te couler dans mon lit viens tu mal a propos,
C'est assés m'effrayer changeons tous deux de place,
  Ou demeure en repos.

Dans l'estat deplorable où je me vois reduitte,
En butte à la douleur comme à la cruauté,
Mes amants m'ont quittée & je les vois en fuitte,
  Sans craindre ma beauté.

Me voyla dans les fers & mon corps est esclave,
Attendant sans frayeur le caprice du sort,
Mais un cœur genereux le surmonte & le brave,
  En méprisant la Mort.

Ces fers durs & pesants dont je me vois chargée,
Me font moins endurer de sensibles tourments,
Que le mépris honteux dont ie suis outragée,
  Par ces lâches amants.

      G.

Qu'on redouble sur moy les tourments & les gesnes,
Ie beniray la main qui me les fait sentir,
Pourvû que mes amants en reprenant leurs chaisnes,
      Ayent du repentir

Est-ce la cette foy, que vous m'aviés jurée,
Qui ne devoit finir qu'avec l'eternité,
Vous deviés pour le moins ètendre sa durèe,
      Au temps de ma beauté.

De mes lâches amants venés trouppe infidelle,
Ou reprendre vos fers ou mourir de douleur,
Ie suis touf-iours la mesme & touf iours aussi belle,
      Malgré tout mon malheur.

C'est pour vous mes amants que j'egorgeay l'infame,
Qui de nos voluptés s'estoit rendu jaloux,
Ie trouvay ce moyen de n'estre plus sa femme,
      Pour estre toute à vous.

Ma beauté dans les fers est-elle si captive,
Quelle ne puisse avoir aucune liberté.
Permettés pour le moins que son image suive,
      Vôtre infidelité.

Ie l'envoye en vos cœurs & suis asses contente,
Si par là vous pouves vous souvenir de moy,
Comme de mon jaloux je vois l'ombre sanglante,
      Me reprocher sa foy.

Mais l'ombre d'un jaloux fait un mauvais message,
Pres du cœur genereux qui le priva du jour:
Ma beauté peut bien mieux vous laiſſant ſon image,
       Ralumer vôtre amour.

Ie conſerve la voſtre en ma triſte memoire,
Mais mon excés d'amour a beau luy reprocher,
Qu'à me laiſſer ainſi vous perdés voſtre gloire,
       Ie ne la puis toucher.

De méme qu'une amante à ſon amant fidelle,
Apres qu'il a quitté ſa dépoüille mortelle,
Sur ſa cendre muette entretient ſes douleurs,
Tâche à le ranimer par un torrent de pleurs,
L'appelle à ſon amour brûle pour une cendre,
Qui n'ayant plus de feux n'a plus d'amour à rendre,
Ainſi pres vôtre image, ou plutôt d'un rocher,
Ie brûle pour des cœurs que ſe ne puis toucher.

# SCENE SECONDE.

## LA BELLE-ALLEE PERRETTE.

### PERRETTE

Ah ma tante eſt-ce vous, eſt-ce vous chere tante,
O mal-heur trop ſanglant, ô douleur trop ſanglante,
Que ne ſuis ſe abyſmée au centre des enfers,
Plutôt que de vous voir eſclave dans ces fers:
Mais encor ſi ces fers étoient le ſeul outrage,
Que vos accuſateurs pour aſſouvir leur rage,
Machinent lâchement contre vôtre candeur,

Peut-être pouroit-t'on supporter ce mal-heur :
Mais à quel attentat se porte leur envie,
Puis qu'ils ont conjuré de vous oster la vie.

## LA BELLE-ALLEE.

Qu'on me fasse passer par la faux du trépas,
Ou qu'on m'envoye libre il ne m'importe pas :
Quand pour me delivrer de ce jaloux infame,
Qui ne meritoit pas de m'avoir pour sa femme,
Quand pour ce grand dessein j'envisageay la mort,
Sans craindre aucun mal-heur je fis ce grand effort ;
La terreur de la mort ne m'a point retenuë,
J'en ay connu la suitte, & j'y suis resoluë,
N'attendés pas de moy qu'un lâche-repentir,
Aux pleurs que vous versés me fasse consentir,
De ce perfide époux il falloit me défaire,
Ie le ferois encor si j'avois à le faire ;
Cès fers que vous plaignés me sont cent fois plus doux,
Que la fascheuse humeur de ce perfide époux,
Et la cruelle mort dont je suis menacée,
Est cent fois preferable à ma peine passée.

## PERRETTE.

Mourir à la potence, ou pourir en prison !

## LA BELLE-ALLEE

L'un & l'autre est plus doux qu'un homme sans raison.

## PERRETTE.

Mais ne voulés-vous pas que nous fassions en sorte,
Que de cette prison l'on vous ouvre la porte,
Nous avons du credit, nous avons des amis,
Qui vous en sortiront, & qui me l'ont promis ;
Tous vos accusateurs redoutent Fine-Epice,
Il meine par le nés comme il veut la Iustice ;

Il dit qu'il fait luy seul tout le Presidial,
Vôtre affaire avec luy ne sçauroit aller mal.

## LA BELLE-ALLE'E.

Comme il n'est point de mort qui ne soit preferable,
Au joug dur & cruel d'un homme insupportable,
Hors ce joug si fâcheux je tiens la liberté,
Sans doute preferable à la captivité:
Mais je n'estime pas que cet homme à finesse,
Pour me tirer d'icy soit assés plein d'adresse,
I'ay tué mon mary, & de ma propre main,
I'ay noyé dans son sang son pouvoir inhumain :
Ma generosité merite merite qu'on l'estime,
Mais ce siecle pervers la fait passer pour crime :
On a pour la vertu si grande aversion,
Qu'on punit comme un crime une bonne action,
Ne pretendés donc pas me conserver la vie,
Par la crainte des maux dont je suis poursuivie :
Apres cet attentat, apres ce noble effort,
Tout m'est indifferent ou la vie, ou la mort.

## PERRETTE.

Flechissés ce grand cœur, souffrés qu'on vous delivre,
Du moins consideré's pour qui vous devés vivre.
La mort patibulaire est un estrange affront,
Qui tombant dessus vous rejallit sur mon front,
Et qui fera souffrir tant aux champs qu'à la ville,
Vn reproche eternel à toutte la famille.

## LA BELLE-ALLE'E.

Ny le lieu, ny la main ne font rien au trépas
Du lit ou du gibet il ne m'importe pas,
La mort est toûjours mort quand le destin l'envoye,
Et tout cœur genereux la reçoit avec joye

Sans se plaindre du temps, de la main n'y du lieu,
Il dit à ses amis un eternel à Dieu,
Vous le prenés fort mal, la mort n'a rien d'infame,
Ce sont nos actions qui meritent le blasme,
Si j'avois répandu le sang d'un innocent,
Si j'avois escroqué la bource d'un passant,
Si j'avois abusé de la main d'un Notaire,
Pour faire un Acte faux comme un lasche faussair,
Pour tromper frere & sœur pour attraper leur bien
Les charger de ma dette & pour n'en payer rien,
Si d'un calcul honteux en presence d'arbitres,
Sans leur porter respect non plus qu'à des belîtres,
J'avois voulu fourber tous mes coheritiers,
Et renvoyé sur eux le bruit des creanciers :
Et dire impunement qu'ils m'en doivent de reste,
Feignant d'avoir payé vingt mil écus de dette :
On auroit droit alors de me charger de fers ,
Mon nom seroit infame aux yeux de l'Univers,
Et je meriterois un extreme supplice,
Quand mes amis pour moy flechiroient la Iustice.
Ces lasches procedés, ces noires actions,
Ces finesses d'enfer, & ces inventions,
Enfin du bien d'autruy cette execrable envie,
Rendroient ma mort infame aussi bien que ma vie,
Si sur un bien commun j'avois porté ma main,
Pour en priver mes sœurs par un cœur inhumain,
Si j'avois usurpé, seule tout l'heritage,
Sans leur en tenir compte & sans faire partage
Si par l'invention d'un esprit chicanneur
Par le conseil rêveur d'un homme sans honneur,
J'avois à main armée, & d'un cœur sanguinaire,

D'entre les bras des siens fait enlever ma mere,
Pour malgré sa foiblesse & son manque d'esprit,
Luy faire ainsi signer tout ce qu'Hersant écrit.
Faire qu'un premier Iuge ose dire à toute heure,
Q'uon ne trompe en cela qu'une fille mineure,
Et d'une pauvre femme aagée & sans raison,
Escamotter ainsi les biens & la maison,
La tenir sous mes loix & si bien renfermée,
Que ses propres enfans n'en ayent point l'entrée,
Et si sa fille y vient d'un traittement fort doux,
Appeller des valets qui luy donnent cent coups,
D'un enfant qu'elle porte encor en ses entrailles,
Egaler la naissance aux tristes funerailles.
Ou si j'avois chassé sans justice & raison,
Et mon frere, & mes sœurs de leur propre maison.
Envoyé vingt Archers dont l'extreme impudence,
Fit voir à ces deux sœurs jusqu'où va l'insolence,
Et chargé ces coquins d'abandonner le cours,
De leur langue impudique à d'infames discours :
Enfin par ces rigueurs qui n'ont point de pareilles,
Offencé leur honneur, du moins par les oreilles.
Ie meriterois bien que la main d'un Boureau,
Me mît au tour du col un infame cordeau :
Mais je n'ay point commis une action si noire,
Qui ternisse à jamais, mon nom & ma memoire.

# SCENE TROISIEME.

## LA BELLE-ALLEE, PERRETTE, LA POINTVE, LA RODETTE.

### LA RODETTE.

Ie viens d'entretenir nôtre couſin Du Bois,
Et comme j'en ſortois nôtre couſin Courtois,
Dans ce Convent Royal eſt venu prendre place,
On croid qu'il en moura ſi l'on ne luy fait grace.

### PERRETTE.

Courtois de Pont-Ioubert quel crime a-t'il commis,

### LA POINTVE

Courtois nôtre couſin a-t'il des ennemis ?

### LA BELLE-ALLEE.

Courtois le Iardinier, c'eſt une raillerie,
De quoy l'accuſe t'on, dites moy je vous prie.

### LA RODETTE

Oüy Courtois Iardinier eſt dans cette priſon,
On l'accuſe d'un vol fait en une maiſon,
Où pour planter des choux il eſtoit en journée :
Ce pauvre mal-heureux ſuivoit ſa deſtinée,
Auſſi-tôt qu'il ma vüe il à fait un effort,
Pour me dire en paſſant couſine je ſuis mort.

### LA BELLE-ALLEE.

Ie croy que le mal-heur en veut à la famille,
Nous allons puiſſamment être bernés en Ville,
Nous voila déja quatre en ce Convent Royal,
Et tous quatre accuſés d'un crime capital,
Fortune apres cela, que veux-tu davantage,
Veux-tu pouſſer plus loing la main qui nous outrage.

### LA RODETTE.

# LA RODETTE

Vous avés grand sujet de vous plaindre du fort,
C'est luy qui vous attaque, & vous meine à la mort.
Ie voy tomber sur vous l'eclat de la tempeste,
De vous quatre pas, un n'en peut sauver sa teste:
Le sanglant Raz-Algol que i'ay vû dans les Cieux,
A depuis deux cens ans tourmenté nos ayeux,
Ce mesme Raz-Algol, d'une pareille audace,
Doit par main de Boureau tuer toute la race.
Il m'en souvient encor du grand Sionita,
Et du discours qu'il tint alors qu'il me quita
Lors que le plus hay qui soit dit-il en ville,
Viendra se gendriser en Robine famille:
Alors de Raz-Algol le glaive descendant,
Quatre à quatre au gibet il vous ira livrant.

# SCENE QVATRIEME.

## L'ABBE DV BOIS entre.

### LA RODETTE. continüe

Raz-Algol Raz-Algol ton aspect trop farouche,
Tes yeux perçants & clairs & ta sanglante bouche.

### L'ABBE DVBOIS

Ie suis né soubs ce signe & dans mon ascendant,
Mercure tout entier se voit son dependant:
La teste du Dragon au quadrat de Meduse,
Me donne pour précher une science infuse:
Vn tireur d'horoscope homme fort excellent,
A dit que l'eloquence estoit mon seul talent,
Qu'on me verroit un jour en précheur fort habile.

H

Prêcher à tout un peuple au milieu de la ville.
Mesmes par mon exemple exciter dans les cœurs,
Vn defir de bien vivre à tous mes auditeurs.
Quand un esprit bien fait, prudent & raisonable,
Cultive le talent dont il se sent capable :
Qu'il y met tous ses soins, qu'il n'y perd point de temps
Il parvient aysément au bon heur que j'attends.
Avec le long travail d'une rare prudence,
J'ay depuis quatorze ans cultivé l'eloquence,
Et je me suis rendu si bon predicateur,
Qu'on ne voit point en France un plus grand orateur,
Ie fus pendant un temps prestre de l'oratoire;
Mais dans la solitude on acquiert peu de gloire.
Ie l'ay poussé plus loing, je l'ay porté plus hault,
Que le pere Le Boux, & le pere Senault.

## LA RODETTE.

Helas mon pauvre amy, cette vaine eloquence,
Se doit borner un jour à prêcher en potence ;
Cette science infuse, & ce riche talent,
Est le tragique effet d'un cruel ascendant
Raz-algol en tout temps est signe sanguinaire,
Qui livre les mortels au sort patibulaire :
Mercure est eloquent, mais il te livrera,
Au sanglant Raz algol que Meduse armera,
La teste du Dragon, sans te parler du reste,
Marque déja ton chef pour une mort funeste :
Mais tout prest qu'un Boureau mette fin à tes jours,
Mercure avant ta mort t'inspire un beau discours,
Qui fera plaindre à tous la fatale journée
Qui finit au gibet ta triste destinée.
L'orgueil, l'ambition, la sotte vanité,

T'e conduit pas à pas à cette extremité.
Va donc ambitieux où le destin t'engage,
Ou pour t'en éloigner tâche à devenir sage,
Vn petit Capelan un chetif Messotier,
Fils d'un Marchand de bois, néveu d'un Menuisier:
O se trancher du grand, mais dis moy je te prie,
Toy qu'on appelle Abbé, quelle est ton Abbaye:
La prends-tu mon amy sur les quatre picquets,
Où l'on voit quatre à quatre ainsi qu'harangs sorets
Les Robins attachés, où pour punir leurs crimes,
Le Soleil cherche encor à brûler ses victimes.

## L'ABBE DV BOIS

Est t'il un Raz-algol plus Raz-algol que vous,
Qui voyés ma fortune avec un œil jaloux,
Vous estes un oyseau de tres-mauvaise augure,
De faire des Robins une telle peinture.
Nous sommes gens d'honneur & dans nos actions,
Nous craignons peu l'effet de vos predictions,
Vous dites que je prends avec trop d'insolence,
Vn nom peu convenable à ma basse naissance,
On m'appelle, il est vray, Monsieur l'Abbé du Bois,
Mais ce nom m'est donné d'une commune voix.
Mon pere sans la mort eust quitté la bassesse,
Puis que par la Mairie on entre en la Noblesse,
Pour s'eriger en Noble, il faut en un seul an,
Faire deux ou trois fois son Caresme-prenan.
Et de tous les costés mandier la pitance,
Cela fait en Poitou, les Nobles d'importance,
Au lieu qu'au temps passé l'on voyoit les Soldats
Acquerir la Noblesse au milieu des combats,
De mesme que mon pere estoit Noble en pensée,

Je suis Monsieur l'Abbé suivant la même idée
Abbé c'est peu pour moy je sçauray parvenir;
Et malgré Raz-algol Evesque devenir,
Je connois mon talent & ma belle eloquence,
A moins d'un Evesché n'a point de recompense.

## LA RODETTE.

Voyla de ton esprit les belles visions,
Mais redoute l'effet de mes predictions,
Abbé sans Abbayë, Evesque imaginaire,
Predicateur sans chaise & fol visionnaire,
Pour tromper Raz-algol & mes predictions,
Cours viste prendre place aux petites maisons,
Car tu ne peux manquer d'aller à la potence,
Qu'alors qu'on prendra garde à ton exravagance,
Ces chimeres d'honneur, dont je te vois coëffé,
Te font déja passer pour un vray fol fieffé,
Et j'espere dans peu, si cela continuë,
Que les petits enfans te suivront dans la ruë:
La folie est un but où tu peux parvenir,
Tes oncles t'ont appris de qui tu dois tenir.

## L'ABBE' DV BOIS

Vieux squelette mouvant, mort tiré de la biere,
Le reste d'un incube, infernale sorciere,
Toy qui feints de sçavoir comment on doit mourir,
Sçais tu que sous tes pieds la terre doit s'ouvrir,
Encore que tu sois l'emissaire du diable :
Par les ressorts secrets de ton art detestable,
Sçais-tu que je devrois, sans respecter ton rang,
Appeller la Iustice à répandre ton sang.

## LA RODETTE

Quoy qu'an prist pour un asne une peine excessive

A luy laver la teste on perdroit sa lessive :
La Prêtresse Cassandre avoit sur les Troyens,
Aussi peu de credit que moy parmy les miens,
Ils apprirent pourtant par leur prompte ruine,
Des effets merveilleux de sa rare doctrine,
Elle avoit, comme j'ay, l'admirable pouvoir
D'appeller les demons à son juste vouloir,
Et par eux découvrant de l'avenir les voiles,
Elle lisoit par eux aussi dans les étoilles,
Certains traits figurés, certains mots, certains noms,
Peuvent selon nos vœux appeller les demons :
Ces mots, ces traits, ces noms sont comme un caractere,
Par qui le sage apprend ce qu'un demon sçait faire,
Ainsi qu'un écolier apprend dans un écrit :
D'un Maître qui l'instruit la science & l'esprit.
Ces traits ces mots ces noms, estonnent l'ignorance,
Qui n'en peut découvrir la belle connoissance,
Ainsi que l'alphabet semble aux petits enfants,
Des sujets de frayeur qui leurs troublent le sens.
Les Demons comme nous dans ce qu'on leur propose,
Découvrent doctement un effect par sa cause :
Comme ils sont esprits purs ils connoissent bien mieux,
Les secrettes vertus de la terre & des cieux :
Si nous estions comme eux simples & sans obstacles,
Nous ferions comme ils font ce qu'on nomme miracles.
Car ces miracles sont des effets naturels,
Que l'ignorance cache aux mal heureux mortels.
Vn Demon pour agir se sert de la nature,
Dont il sçayt mieux que nous & l'ordre & la structure,
De ce grand Vnivers & le Maistre & l'autheur,

Et qui de la nature eſt le ſeul Créateur,
Sans obſerver les Loix & la ſuitte des cauſes,
Peut a ſa volonté remuë toutes choſes :
Mais le ſçavant demon, n'a point d'autre pouvoir,
Que celuy que luy donne un excellent ſçavoir :
Et le ſage mortel emprunte ſa ſcience,
Pour poſſeder du tout l'entiere connoiſſance ;
Nous ſçavons des humains & la vie & la mort,
Et liſons dans les Cieux leur bon ou mauvais ſort,
C'eſt par là que je vois que ton nés de becace,
Doit aux quatre picquets, un jour avoir ſa place,
A voir ton chien de corps, je prevois qu'il te faut
Preparer un gibet de quinze pieds de haut :
C'eſt là que t'erigeant en prêcheur ridicule,
Tu te repentiras d'être trop incredule.

### L'ABBE' DV BOIS.

Et moy ſans invoquer des demons le ſecours,
Ie predis que bien-tôt tu dois finir tes jours :
Et ſans te reconnoiſtre, en ſorciere execrable,
Pour accomplir tes vœux livrer ton ame au diable,
Et gemir dans les feux pendant l'eternité,
C'eſt ce que je ſouhaitte à ta maternité.

### LA BELLE-ALLEE.

Il eſt vray chere ſœur, que vôtre Belle-allée,
Eſt par vôtre viſite aſſés bien conſolée,
Au lieu de compatir à ma juſte douleur,
Ou de voir aux moyens de finir mon mal-heur,
Vous paſſés tout le temps à de vaines querelles,
Qui vous font à tous deux dire cent bagatelles.

### LA RODETTE

Ie ſuis mere & l'on doit eſtre plus circonſpect,

Ie ne ſcaurois ſouffrir qu'on perde le reſpeƐ ;
Mais vous ma chere ſœur ie ne puis que vous plaindre,
Ou ma ſcience eſt fauſſe ou vous devés tout craindre,
Et de quelque coſté que vienne le ſecours,
Le glaive de Iuſtice achevera vos jours,
Adieu ma ſœur, adieu.

### PERRETTE.

I'apperçois Fine-Epice.
Qui ſçaura detourner le glaive de Iuſtice.

# SCENE CINQVIEME.

## FINE-EPICE entre.

Ie viens icy Madame, avec affeƐion,
Vous promettre l'effeƐ de ma proteƐion :
L'affaire eſt delicate & de grande importance,
Il faut gaigner du temps par adreſſe & prudence.
Quand on ſcayt les moments que lon doit euiter,
On avance beaucoup ſans rien prcipiter :
Le temps ameine tout & vos ennemis mêmes,
Ceux qui pour vous pourſuivre ont des fureurs extremes,
Seront bien tôt reduits à chercher un accord,
Et quitter le deſſein de vouloir vôtre mort.
Commēt ay ꞁ conduit l'affaire de mon pere ?
Ce que ꞁ'ay fait pour luy pour vous ꞁe le veux faire.
Quicōque en ſon mal-heur eſt ſeur de mon ſoûtien,
Doit eſperer & vivre & n'apprehender rien.

## LA BELLE ALLE'E

Que ꞁe ſuis mal-heureuſe & que ꞁe ſuis à plaindre,
Puis-ꞁe encor eſperer lors que ꞁ'ay tout à craindre,
Et de cete priſon l'execrable rigueur,
Peut-elle encor ſouffrir l'eſperance en mon cœur.

Ces fers que vous voyés, & qu'à peine je porte,
Me défendent assés d'esperer que j'en sorte,
Vous estes bien puissant, mais fussiés vous un Dieu;
Ie ne puis esperer de sortir de ce lieu,
Que pour voir contre moy prononcer la Sentence,
Qui doit finir mes jours avec mon esperance.

### FINE-EPICE.

Douter de mon pouvoir, c'est estre sans raison.

### LA BELLE-ALLEE,

On doit douter de tout quand on est en prison.

### FINE-EPICE.

Il ne tiendra qu'à vous que je ne vous en tire.

### LA BELLE-ALLEE

Sans oser l'esperer, c'est ce que je desire.

### FINE-EPICE.

Vôtre secours viendra de mon bras & du temps.

### LA BELLE-ALLEE.

La mort avancera le secours que j'attends.

### FINE-EPICE.

On vous delivrera, mais vôtre impatience,
Ne peut faire ceder la crainte à l'esperance,
Ie m'en vais de ce pas demander le procés
Vous n'aurés pas sujet d'en craindre le succés;
Tant que je le tiendray, tant que j'en seray maistre,
Vous serés satisfaite, ou vous le devrés estre.

### LA BELLE-ALLEE.

C'est disputer sa vie avecques des longueurs,
C'est de cette prison accroistre les rigueurs:
Mais je tiens que la mort est cent fois preferable,
A la captivité qui me rend miserable,
Et loing de prendre soin de prolonger mes jours,

S'il

S'il faut porter des fers, j'en veux perdre le cours.
Il faut briser ces fers d'une main forte & prompte,
Ou j'avance moy-même, & ma perte, & ma honte,
C'est assés estre en bute aux caprices du fort:
Il faut me delivrer, ou ie cours à la mort.
Lasse de voir les maux dont ie suis poursuivie,
I'en veux trouver la fin dans celle de ma vie.

### FINE-EPICE.

Ah si Dame Perrette eust écouté mes vœux:
Si sa fille eust souffert mes soupirs amoureux:
Vos fers seroient brisés, & sans aucune peine,
De vos fiers ennemis i'accablerois la haine.

### LA POINTVE.

Vous m'estonés Monsieur, auec un tel discours:
Ie n'entendis iamais parler de vos amours,
Aussi i'aurois grand tort & croirois faire un crime,
De traitter de mépris une ardeur legitime.

### FINE-EPICE.

La pensée est fort belle & de telles faveurs,
Meritent qu'on responde avecques des douceurs:
Mais sans penser à vous quoyqued'humeur gentille,
Ie parlois de l'amour que j'avois pour sa fille.

### LA POINTVE

Si l'âge m'eust permis de iouir du bon-heur,
Que sans penser à moy vous fistes à ma sœur,
Bien loing de refuser un si grand avantage
I'aurois suivant vos vœux conclu ce mariage.

### FINE-EPICE.

Ma surprise est fort grande, & si de vôtre sœur,
I'ay iamais souhaité d'estre le possesseur,
Ie veux avoir pour vous l'amour que i'eus pour elle.

I

Vous me semblés du moins aussi charmante & belle,
Et ce qui plus m'en plaist, c'est qu'à vous marier,
Vous n'estes pas d'humeur à vous faire prier
Vôtre âge vous deffend cet amoureux negoce,
Mais puisque vous avés la nature precoce,
Ma belle recevés mes soupirs amoureux,
Et d'un feu mutuel consideres mes feux.

### LA POINTVE,

Vous vous trompés Monsieur, je disois que si l'âge
M'eust permis de penser au lien de mariage,
Ie n'aurois pas traitté vos amours de mépris,
Loin de tromper les feux dont vous esties épris,
Et d'en croire l'ardeur injuste & criminelle,
I'aurois brûlé pour vous d'une ardeur mutnelle,
Dautant qu'en triomphant des amours de ma sœur,
Et qu'en vous permettant d'en être possesseur,
Vous dites qu'aysément vous nous rendies ma tante,
Ie l'ayme, & de vos feux j'eusse esté fort contente,
Que n'aurois-je point fait pour mettre en liberté,
Ma tante qui gemit dans la captivité.

### FINE-EPICE.

Autant que vôtre sœur vous pouvés dans l'affaire,
Pensés pour la sauver ce que vous devés faire.

### PERRETTE.

Si pour recompenser vôtre protection,
Si ma fille est le prix d'une telle action,
Avec crainte & respect je vous donne ma fille,
Vous pouvés disposer de toute la famille.

### LA POINTVE :

I'ay bien de la douleur que si peu de beauté,
Puisse payer les soins de cette liberté.

## FINE EPICE.

Vous le prenés fort mal & de mon aßiſtance,
Ie ne veux point avoir aucune recompenſe,
Mes ſoins ſont tout à vous & je n'eſtime pas,
Meriter par mes ſoins de ſi charmants appas,
Puiſque vous le voulés j'accepte vôtre fille,
Et pour bien diſpoſer de toute la famille,
Si-tôt que nôtre Hymen ſera fait & conclu,
Ie viendray dans ces lieux comme j'ay reſolu,
Delivrer cette belle, & malgré la Iuſtice,
Faire connoître à tous ce que peut Fine-Epice,
Madame eſperés tout, & croyés que demain,
Ie fais tomber les fers de vôtre belle main.

## LA BELLE-ALLEE.

I'attendray donc demain que cela s'accompliſſe,
Tel eſtoit le tiſſu de la femme d'Vliſſe,
Qui defaiſoit la nuit ſon ouvrage du jour,
Pour tromper ſes amants leurs vœux & leur amou :
Ce demain eſt bien long, & pourquoy m'y remettre.

## FINE-EPICE.

Vn jour n'eſt pas fort long vous le devés permettre.

## LA BELLE-ALLEE

Ma ſœur vous diſiés vray, helas ma chere ſœur,
Ce long retardement aſſeure mon mal-heur;
Rien ne peut détourner l'influence des Aſtres,
Rien ne peut empêcher ces funeſtes deſaſtres,
Puis qu'on remet encor à demain le ſecours,
Qui flattoit mon eſpoir de prolonger mes jours.

## PERRETTE,

Pour vous tirer des fers puis que tout ſe diſpoſe,
Conſolés vous ma tante un jour n'eſt pas grand choſe

*Depuis plus de deux ans vous estes en prison,*
*L'attente d'un seul jour n'est pas hors de saison.*

### LA BELLE-ALLE'E.

*Ie n'en veus plus parler, mais un secret genie,*
*Travaille mon esprit d'une peine infinie,*
*Le mal-heur ne vient point sans un pressentiment,*
*Qui jette nôtre esprit dans un abbattement,*
*Ie sens que ma vigueur au besoin me delaisse,*
*L'esperance me quitte & cede à la tristesse,*
*Ie me sens tout à fait incapable d'espoir,*
*Et si j'en crois mon cœur je ne vous dois plus voir:*
*Ie ne sçay quoy pesant & froid comme la glace,*
*Me saisit tous les sens, m'abbat & me menace.*

### L'ABBE' DV BOIS.

*Sans vous laisser aller à cet abbattement,*
*Conservés la vigueur pour un jour seulement.*

### FINE-EPICE.

*Ie disois donc tantôt qu'en prenant vôtre fille,*
*Ie voulois avancer toute vostre famille:*
*Vôtre fils doit quitter ce beau petit colet,*
*Son laquais luy porter un grand manteau violet.*
*I luy veux dés demain resigner mes chapelles,*
*Elles sont toutes trois admirablement belles:*
*Mon prieuré de Teil dont les grands revenus,*
*Se montent tous les ans à quatre cens écus:*
*Il faut avec cela qu'en un chapitre il entre,*
*Il poura permuter avec le sieur Soubs-Chantre:*
*Il y peut parvenir puisqu'il a du content.*
*On fait tout ce qu'on veut quand on a de l'argent,*
*Il aura soin apres de se tenir fort brave,*
*De se vestir de soye & d'avoir le port grave:*

*Si voftre fils répond à mes juftes deffeins,*
*La fortune & l'honneur feront entre vos mains,*
*Ie pretends dés ce jour faire enlever ma Mere,*
*Me nantir de fon bien, fur tout de Laudoüiniere,*
*De toute là maifon nous ferons poffeffeurs,*
*Nous n'avôs qu'à combattre un aveugle & deux fœurs,*
*Sans qu'il nous coûte rien nous irons en caroffe,*
*Si voftre fils me croid, je pretends qu'une croffe,*
*Rempliffe dans un an toute fa vanité,*
*Il peut même efperer une autre dignité :*
*Comme a fait depuis peu le Doyen du Chapitre,*
*Il a la tefte faite à porter une Mythre,*
*Comme il peut devenir un grand Predicateur,*
*Et comme il peut avoir le Roy pour auditeur,*
*Il dois attendre tont d'une ame non commune*
*Et joindre un Chapeau rouge à fa bonne fortune :*
*S'il parvient une fois jufqu'au Cardinalat,*
*Rien ne peut l'empêcher de gouverner l'Etat.*

### L'ABBE' DV BOIS.

*Vivat Io vivat l'Illuftre Fine-Epice,*
*Qui nous tire aujourd'huy des mains de la Iuftice,*
*Qui pour fauver ma tante époufera ma fœur,*
*Qui me charge de biens & me comble d'honneur :*
*Ma tante vous voyés que ma folle grand-mere,*
*Par ces predictions tâchoit à me déplaire,*
*Vous voyés maintenant que fes predictions,*
*Sont de fon foible efprit les folles vifions :*
*Car qui le pouroit croire, & quelle eft l'apparence,*
*Qu'il nous faille tous deux finir à la potence.*

### LA BELLE-ALLEE.

*La douleur me fuffoque, à Dieu je n'en puis plus,*

*Ne perdés point le temps en discours superflus.*

# SCENE SIXIEME.

### FINE-EPICE, PERRETTE.
### L'ABBE' DV BOIS, LA POINTVE.

## FINE-EPICE.

*Qu'il est plaisant de voir comme elle se lamente,*
*Plus le bon-heur est prés plus on s'impatiente,*
*Il faut avoir ma mere ou son consentement,*
*Ie ne la puis avoir sans un enlevement:*
*Elle est à Laudoüiniere où mes deux sœurs l'obsedent,*
*Il faut aux enleveurs que ces deux filles cedent,*
*Si l'aveugle resiste, un coup de mousquetan,*
*Qu'on doit tirer sur luy m'en fera bien raison,*
*On est déja party pour cette grande affaire,*
*Ie vais suivre mes gens, ie sçay ce qu'il faut faire,*
*Pour tirer vostre tante, ou par dexterité,*
*Ou par l'effet puissant de mon authorité*
*Ie viens à bout de tout, par reigles de Iustice,*
*Ou par ruse & finesse ou quelque autre artifice.*

### PERRETTE.

*Vous changés nos ennuis en autant de plaisirs,*
*Vous nous comblés de biens qui passent nos desirs.*

# ACTE IV.

## SCENE PREMIERE.

### L'ABBE' DV BOIS, LA POINTVE,

#### L'ABBE' DV BOIS.

MA sœur mon amitié ma petite Pointuë,
Ton luminaire ardent me poignarde & me tuë:
Ie ne songe qu'à toy pendant toute la nuit,
Quelque part que ie sois ton image me suit,
Ie r'appelle cent fois à ma triste memoire,
Ce que tu m'as promis pour me combler de gloire:
Ie flatte mon amour par le doux souvenir,
Du moment bien-heureux où mon mal doit finir.

#### LA POINTVE

Il est vray ie l'ay dit que prés de l'Hymenée,
Ie serois à vos vœux toûjours abandonnée,
Que vous pouriés user d'un pouvoir absolu,
Si-tôt que mon Hymen seroit tout resolu:
Mais manquer de parole est chose legitime,
Lors que pour la tenir on commet un grand crime:
Quoy mon frere, apres tout n'avés point d'horreur,
De brûler salement de l'amour d'une sœur?
Amour infame & lâche, amour que ie deteste,
Qui veut pour s'assouvir l'adultere & l'inceste,

#### L'ABBE DV BOIS

Vous parliés autrement quand vous mavés promis,

Qu'au temps de voſtre Himen tout me ſeroit permis.

### LA POINTVE

J'eſperois que le temps vous pouroit rendre ſage,
Vous aprenant l'hôneur qu'on doit au mariage.

### L'ABBE DVBOIS

Je l'ay fort bien apris vous ne'n pouvés douter,
Si pendant un moment vous daignes m'ecouter.
Il eſt vray l'adultere eſtant un crime infame,
Qu'on pardône au mary qu'on punit en la femme :
Vne femme bien née une femme d'honneur,
Doit ſans nul contredit en avoir de l'horreur :
Mais ſçavés vous ma ſœur ce que c'eſt qu'adultere ?
C'eſt un terme latin qui veut dire fauſſaire...

### LA POINTVE

Je ne vous entends point, ce beau raiſonnement,
Paſſe mon foible eſprit & mon entendement :
Alors qu'à ſon mary lon a la foy promiſe,
Aux yeux du S. des Sainéts, en faſe de l'Egliſe :
Si pour un autre objeét le cœur eſt enflammé,
Si lon en vient au joindre apres avoir aimé :
Traités ſi vous voulés ce crime de fauſſaire,
Pour moy ſans raiſonner je l'appelle adultere.
Mais entre vous & moy ce crime encor plus grand,
Renuerſe mon eſprit, le trouble & le ſurprend.
D'un frere inceſtueux, ô flame criminelle ?
De quel nom aſſés noir faut-t'il que je t'appelle ?

### L'ABBE' DV BOIS.

Appellés la ma ſœur de ce nom glorieux,
Dont les premiers mortels, les favoris des Cieux...

### LA POINTVE.

Il faut vous ſouvenir, mon deteſtable frere,

De la

*De la prediction de ma vieille grand'-mere.*

# SCENE SECONDE.

## L'ABBE' DV BOIS. LA POINTVE

### FINE-EPICE entrant.

Qu'on cherche des filets pour prendre du poisson.
Qu'on fasse un bon potage, & quon tüe un oyson,
Trois poulets trois pigeons, qu'on regale ma mere,
Il faut pour l'atraper luy faire bonne chere.
Tenés Monsieur l'Abbé mon prieuré de Teil.
Iugés si soubs le ciel on a vû mon pareil;
I'ay depuis ce matin couru vees Laudoüiniero:
I'ay malgré frere & soeurs fait enlever ma mere :
I'en suis maistre absolu, j'en suis le ravisseur:
De sa maison bien tost je seray possesseur,
Ie l'ay mise ches vous & j'y veus dés cette heure,
Tant qu'elle aura de vie establir sa demeure.
Apeine dans la ville ay-je esté de retour,
Que j'ay cherché par tout l'objet de mon amour,
Pour luy dire en deux mots qu'en la prenant pour femme
D'une belle maison je la veux rendre Dame.

### LA POINTVE.

Encore qu'en cela je sois sans volonté,
Ie prise infiniment vostre extréme bonté.

### FINE-EPICE.

Comment? j'ay conclu tout avecques vostre mere,
Nous sommes convenus de toute cette affaire,
Elle vous donne autant comme à vôtre autre soeur.
Mais ce bon köme icy que je fais possesseur,
Du Prieuré de Teil & de mes trois chapelles,

K

74

Sçaura recompenfer des actions fi belles.
LABBE' DVBOIS.
Et moy fi i'en fuis cru ma focur n'en fera rien.

# SCENE TROISIEME.

LE CVISTRE.        FINE-EPICE.
L'ABBE' DVBOIS LA POINTVE.
Le Cuiftre entre & Fine-epice luy va parler à part
LA POINTVE parle bas à l'Abbé du bois.
Mon frere ferés vous un obftacle à mon bien;
Puifque dans cét Hymen vous trouvès voftre conte,
Vous voulés vous ruiner pour me couvrir de honte,
Vous avés dans les mains un fort bon prieuré;
Qui ne vous peut manquer qui vous eft affeuré.
L'ABBE' DVBOIS,
Puifque vous n'eftes pas en deffein de me plaire,
Il n'eft pas encor temps de conclure l'affaire:
Vous vous fouvenés bien que vous m'avès promis,
Qu'alors de vôtre Hymen tout me feroit permis:
Si pour moy voftre cœur eft dur côme une roche,
Sans doute voftre Himen n'eft pas encor fort proche.
LA POINTVE.
Hé mon frere.
L'ABBE DV BOIS
He ma fœur.
LA POINTVE
Que voulés-vous de moy;
L'ABBE' DV BOIS.
Approuuve mon amour.

## LA POINTVE
Ï'y confents fur ma foy.

## L'ABBE' DV BOIS

Ie ne te dis pas tout, mais ne fois pas fi folle,
Que de vouloir encor me manquer de parolle.

## LE CVISTRE a Fine-Epice.

Quatre mil Loüis d'or c'eft à vous d'y fonger,

## FINE-EPICE.

Ie veux adroittement d'icy me dégager,
Huit mil écu de plus meritent bien le change,
La fille eft-t'elle belle.

## LE CVISTRE.

Elle a de l'air d'un Ange.

## FINE-EPICE. à l'Abbé du Bois.

Si vôtre sœur vous croit.

## L'ABBE' DV BOIS,

Elle n'en fera rien.

## LA POINTVE,

Mon frere.

## L'ABBE' DV BOIS.

Laiffe moy. Qu'elle n'ait tout mon bien,
Ie veux abfolument que vous en foyés Maiftre,
Trop heureux fi par là vous pouvés reconnoiftre,
Que je ne manque pas de generofité,
Pour payer la façon dont vous m'avés traitté.

## FINE-EPICE à fon valet.

I'eftime qu'à prefent la chofe eft fort faifable.

## LE CVISTRE.

L'autre party Monfieur, eft plus confiderable.

K ij

# SCENE QVATRIEME.

PERRETTE. LE CVISTRE, LA POINTVE
L'ABBE' DV BOIS, FINE-EPICE.

### PERRETTE.

Vôtre mere chés nous ne veut point demeurer,
Elle est au desespoir & ne fait que pleurer,
Chacune par son nom elle appelle ses filles.

### FINE-EPICE.

Laissons la faire en l'air ces plaintes inutiles,
Il ne faut pas grand chose afin de l'appaiser :
Luy parler mal des siens, luy donner un baiser,
Luy dire que sa bru est toûjours une infame,
Qu'en recompense aussi vôtre fille est ma femme :
C'est assés j'en suis Maistre, & c'est bien la raison,
Que je le sois aussi de sa belle maison.
J'ay quatre-vingt mil francs toutes dettes payées,
Mes affaires dans peu seront bien nettoyées,
Je n'apprehende plus que mes coheritiers,
Soulevent contre moy Messieurs les creanciers,
J'ay dequoy satisfaire & conserver ma Charge.

### PERRETTE.

Conservés la Monsieur, car dans ce mariage,
Je n'auray rien de cher pour vous y maintenir,
Quand on a de l'honneur on doit l'entretenir.

### L'ABBE' DV BOIS.

Je ne suis point venteur, mais pourtant je me vante,
Que vous aurés un jour dix mil livres de rente,

### FINE-EPICE.

Mon pere en avoit douze.

## L'ABBE' DV BOIS.

He bien vous les aurés,
La chose est infaillible, & vous l'approuverés,
Mais faites retirer,...........

### FINE-EPICE.

Viste qu'on se retire.

# SCENE CINQVIEME

## FINE-EPICE. LA POINTVE.
## L'ABBE' DV BOIS.

### FINE-EPICE.

J'entends à demy mot ce que vous voulés dire,
Vous avés des secrets pour changer les métaux,
Mais sans vous offencer j'en ay qui sont plus beaux,
Pour decaper Venus la methode est commune,
Mais je la sçay changer en belle & fine Lune,
J'ay sur Saturne & Mars un secret sans pareil,
Ie leurs fais prendre & l'œil, & le poids du Soleil,
Mon operation est si rare, & si belle,
Que ma matiere tient une heure à la coupelle,
Et la vôtre?

### L'ABBE DVBOIS.

Et la mienne est le plus beau secret
Qu'on puisse jamais voir, mais faut être discret.

### PERRETTE.

Oüy vrayment en deux mots voulés-vous de ma fille
N'avés-vous point regret d'entrer en ma famille.

### FINE-EPICE.

Vous m'offencés Madame, & je jure les Cieux,

*Que j'aime vôtre fille autant que mes deux yeux,*
*Vous n'en pouvés douter, Madame je l'adore,*
*Enfin ce beau secret.*

### PERRETTE.

*C'est une main de Gorre.*

### FINE-EPICE.

*C'est une main de Gorre, & qu'est-ce que cela.*

### PERRETTE.

*Ie puis vous contenter, regardés la voyla.*

### FINE-EPICE.

*C'est une main de bois, & qu'en voulés-vous faire.*

### PERRETTE,

*Vous en faire un present.*

### FINE-EPICE.

*Ie n'en ay point affaire.*

### LABBE' DV BOIS.

*Ie voudrois de bon cœur que vous en eußiés cent,*
*Vous seriés de Poitiers l'homme le plus puißant;*
*Cette admirable main qu'on vous donne en partage*
*Est de nôtre maison le plus bel heritage :*
*Qui sçait la gouverner, qui sçait la ménager,*
*Contre tout vôtre bien ne la voudroit changer,*
*Admirés ses effets, admirés sa richeße,*
*Et de ses grands thresors la prodigue largeße :*
*Si vous voulés joüir de ses faits inoüis,*
*Mettés en cette main seulement deux Loüis,*
*Ensuitte paßés la deßus vôtre visage :*
*Mais n'y retournés pas si vous estes bien sage,*
*Car elle vous feroit un aßés mauvais tour,*
*Si vous luy demandiés deux presents en un jour:*
*Vous ne vistes jamais une si grande usure,*

Elle vous en rendra quatre ou cinq je m'asseure,
Sans les garder long-temps vous en verrés l'effet,
Dans un demy quart d'heure & serés satisfait,
Tenés ces Loüis d'or feront l'experience.

### PERRETTE.

Quelque affaire important demande ma presence.

# SCENE SIXIEME.

## L'ABBE' DV BOIS, LA POINTVE, FINE-EPICE.

### L'ABBE' DV BOIS.

Pendant qu'elle travaille on ne l'oseroit voir,
Laissons la travailler?

### FINE-EPICE.

Mais ne peut-t'on sçavoir
De cette belle main la puissance energie,
Et si ce grand secret n'a rien de la Magie.

### L'ABBE' DV BOIS.

Dans ces sombres forests, dans ces lieux écartés.
Ou l'on ne voit du jour qu'apeine les beautés,
Ou l'œil de l'univers de sa large paupiere,
Apeine y peut répandre un rayon de lumiere,
Qui sert moins à guider qu'à donner de la peur,
Découvrant de ces lieux les objets de frayeur.
Ceux dont l'esprit orné d'une rare science,
Plus loin que le commun portent leur cōnoissance,
Brossent dans ces forests où d'un œil curieux,
De ces chaînes sacrés qui touchent presqu'aux cieux,
Les deux genoux en terre ils visitent les restes,
Au premier jour de l'an la premiere des festes,

*Et le plus grand des jours de nos anciens Gaulois,*
*Quand du sçavant Drüide ils écoutoient la vois,*
*Ils n'abandonent point leur secrette entreprise,*
*Que lors qu'ils sont saisis de la sainte surprise*
*Qu'ils ont apercevant l'admirable thresor,*
*Du Guy large & touffu qui brille plusque l'or :*
*Quand un chesne sacré de ce Guy se courône,*
*Quand on en voit l'éclat qui brille & l'environne :*
*Alors d'un fer sonnant avec de prompts efforts,*
*On renverse soudain son long & vaste corps.*
*Si tôt que ce somet si brillant, si superbe,*
*Par le brillant du fer est répandu sur l'herbe :*
*On moissonne ce Guy, on mesure son tronc,*
*Pour creuser aussi bas que ce grand chesne est long.*
*Aprés avoir fouillé ce grand creux dans la terre,*
*Où dans un linge blanc nôtre Guy lon enserre,*
*On l'y met sur le soir, on l'y laisse la nuit,*
*Affin de l'en tirer si tôt que le jour luit*
*Par un estrange effect dont j'ignore la cause,*
*Il y change de forme & se metamorphose.*
*Lon trouve au lieu de Guy cette admirable main*
*Qui fait voir à nos yeux un pouvoir plusqu'humain,*
*Ce Guy ce rameau d'or est d'un fort grand usage,*
*Reconnu seulement du sçavant & du sage.*
*Venés au Guy l'an neuf, ( disoit-on ) aux Gaulois,*
*Quand du sçavant Druyde ils observoient les lois,*
*Ce Guy contre tous maux estoit leur medecine,*
*Des celestes vertus tirant son origine.*
*Bref ce Guy leur estoit comme un petit thresor :*
*Et pour dire en un mot, il est le rameau d'or,*
*Trouvé dans la forest par la sage Sibille,*

*Ainsi*

Ainſi que plus ou long l'hiſtoire eſt dans Virgile.
Qui conduiſit Ænée & fit que les enfers,
Malgré le fier deſtin luy furent tous ouvers.
Sans doute cette main ſert à quelque autre uſage :
Mais mon pere en mourant n'en dit pas davantage.

### FINE-EPICE

Eſt-il poſſible ô Dieux ! veillay-je ou ſi je dors,
Et peut-on rencontrer de ſi riches threſors.

### L'ABBE' DV BOIS

Vous en doutés encor, regardés-y vous même,
Et la levés tout ſeul.

### FINE-EPICE. levant la main de gorre.

Ma ſurpriſe eſt extréme?
Vous en aviés mis deux?

### L'ABBE DVBOIS

Oüy deux aſſeurement.

### FINE-EPICE.

Cette main en a ſix, Dieux quel eſtonnement !
Si vous le trouvés bon, je veux en vôtre abſence,
De ſes dons pretieux faire l'experience.

### LABBE' DVBOIS

Elle doit être un jour à l'époux de ma ſœur,
Et mon pere en mourant l'en a fait poſſeſſeur.

### FINE-EPICE.

Ie m'en ſerviray donc ſans plus long-temps attendre
La qualité d'époux, où j'ay droit de pretendre.

### LA POINTVE

Vôtre mere eſt chés nous & par même raiſon,
Vous en devés auſſi faire vôtre maiſon.

### FINE-EPICE.

I'accepte l'un & l'autre, & ſans autre myſtere,

L

Ie luy veux dés ce foir excroqüer Laudoüiniere,
Le Contrat chés Herfant eſt déja tout dreſſé :
Mais ce brave Notaire eſt ſi fort empreſſé,
Qu'il n'y penſera point ſi ie ne le tourmente.

### LA POINTVE.

Souvenés-vous auſſi de penſer à ma tante.

### FINE-EPICE.

Vous la verrés ſortir dés demain de priſon.

### LA POINTVE

Dieu vous en veüille oüir.

### FINE-EPICE.

Ï'en aurày bien raiſon.

# SCENE SEPTIEME.

### FINE-EPICE   feul.

Inutiles parents faux amis que j'abhorre,
Quand la neceſſité me poignarde le ſein,
Ne me parlés jamais de me prêter la main,
       Si ce n'eſt une main de Gorre :
C'eſt cette belle main dont le puiſſant ſecours,
Poüra de mes mal heurs interrompre le cours :
O main, ô belle main, digne d'être adorée,
Des quatre coings du monde accourés promptement,
Et vous troüvés chés nous en nombre ſuffiſant,
       Pour faire un Briarée.


Prodige de mes yeux, belle main ſans pareille,
Qui donnés à nôtre Or tant de fecondité,
Qui venés au beſoin dans ma neceſſité,
       Que diray-je de vos merveilles :

Confus de tant de biens & d'un si grand bon heur,
Diray-je que les Dieux jaloux de leur honneur,
Ont envoyé chés moy cette main sans exemple,
Pour la cacher aux yeux des mortels indigens :
Oüy puis que pour vous seule on brûleroit l'encens,
   Si vous aviés un Temple.

 Pluton qui garde l'Or ne fait point de largesses,
Il est de ses thresors trop avare & jaloux,
Sans doute que les Dieux en estant en couroux,
   Vous font répandre ses richesses :
Si vous avés des Dieux l'ordre de le punir,
Qu'un supplice si beau ne puisse point finir,
Apportés ses thresors à toute heure à poignées,
Ie vous offre mes mains & serois satisfait,
Si mes deux mains pouvoient avoir le même effet
   Qu'elles fussent coupées.

 Si j'avois comme vous les mains dans ses richesses,
O que bien autrement je vous le punirois,
Sans perdre comme vous le temps à chaque fois,
   A prendre trois ou quatre pieces :
Deux fois en un seul jour vous ne pouvés donner,
Vôtre ménagement me fait bien soupçonner,
Encor que vous soyés une main belle & rare,
Que vous estes la main du Dieu garde thresors,
Qu'un souverain pouvoir fit couper de son corps,
   Pour être trop avare.

 N'estes vous point plutôt la main de ce beau fleuve
Qui sur un sable d'Or voit rouler son christal,

     L ij

Qui ne glace ses eaux que pour faire l'émail,
    Que sur ses bords le Marchand treuve:
Enfin charmante main je ne sçay qu'en penser,
Ie diray seulement pour vous recompenser;
Rien n'est égal à vous de l'un à l'autre Pole,
On connoist à vôtre Or un pouvoir plus qu'humain,
Et vous estes d'un Dieu la liberale main,
    Ou celle du Pactole.

## SCENE HVITIEME.

### LE CVISTRE.      FINE-EPICE.

### LE CVISTRE.

Enfin vous succombés à cette main funeste,
Que vous devés hayr cent fois plus que la peste,
L'Or qu'elle vous presente a de si doux appas,
Que tout autre party n'a plus rien que de bas.
Vous avés mouillé l'ancre au Royaume des Vesses,
Et Monsieur le Boureau n'a qu'à gratter ses fesses:
Ie ne m'explique point peut-être dés demain,
Vous recevrés affront de cette infame main.

### FINE-EPICE.

A te dire le vray je trouve icy mon compte,
L'autre party trop bas m'auroit couvert de honte;
La fille du Boureau qu'eussent dit mes parens.

### LE CVISTRE.

De cette autre Hymenée ils seront peu contens.

### FINE-EPICE.

I'en auray quant à moy l'ame fort satisfaite.

## LE CVISTRE.

La fille à mon avis est de belle defaite,
Vous ne faites pas mal de la prendre à treize ans,
Car avant qu'elle passe encor quatre Prin-temps,
Ie vous donne ma teste, & ie veux qu'on me tonde,
Si comme un autre Athlas elle ne porte un monde.

### FINE-EPICE.

Elle porte, il est vray, la bosse sur le dos,
Mais cette belle aussi n'a point d'autres defauts,

## LE CVISTRE,

Elle n'en vaut pas moins pour être un peu voutée,
Elle en a seulement la taille un peu gâtée:
N'a-t'elle pas encor un bras court, l'autre long,
Les deux yeux chassieux, l'un oval l'autre rond.

### FINE-EPICE.

Qu'importe elle voit clair c'est ce que ie demande.

## LE CVISTRE.

N'a-t'elle pas aussi la bouche horrible & grande,
Le front étroit & court, & le menton pointu,
La teste en vray Thersite, & le pied droit tortu,
L'estomach d'un chapon, la gorge noire & platte,
Et iusques au iabot plus seiche qu'une latte,
Quand à son invisible on peut sans deviner,
Le croire encor plus laid, mêmes s'imaginer,
A son corps mi-party qu'elle est Hermaphrodite,
Mais ie n'en parle plus si cela vous irrite.

### FINE-EPICE.

Non parles franchement.

## LE CVISTRE.

Enfin elle a tout laid,
Et son corps est bâty pour monter un valet,
Vous me deviés charger de cette marchandise:

*Car pour un Gentil homme elle n'eſt pas de miſe.*

**FINE-EPICE.**

*En recompenſe auſſi ſon eſprit eſt bien fait.*

**LE CVISTRE.**

*Vous n'avés pas ſujet d'en eſtre ſatisfait;*
*Et je conſens d'avoir le corps couvert de froncles,*
*Si vous ne l'enfermés comme on a fait ſes oncles,*
*Son eſprit s'evapore à tant de vanité,*
*Qu'il court au grand galop à cette extremité:*
*Elle va bien enfler autrement ſon courage,*
*Par le nouvel éclat de ce beau mariage.*

**FINE-EPICE**

*Son oncle eſt Menuiſier qui n'eſt point renfermé.*

**LE CVISTRE.**

*Ne connoiſſés vous pas celuy de Mortomé?*
*Ce Robin eſt ſon oncle, il traiſne une ſequelle,*
*De neveux de couſins de folle parentelle,*
*Qu'il pourroit avec eux, tant jeunes que griſons,*
*Remplir du moins le tiers des petites maiſons.*

**FINE-EPICE.**

*Ces fols de Mortomé ſont-ils de ſon lignage?*

**LE CVISTRE**

*Vous le ſçaurés bien mieux apres ce mariage.*
*Ce fol de Mortomé ſe trouve accompagné,*
*D'un frere encor plus fol au bourg de Champagné.*
*Sans perdre le reſpect vous eſtes je l'âvouë,*
*Vn mauvais ignorant, car je ſçay que la Nouë,*
*Vous en a devant moy cent fois entretenu:*
*Rappelés le diſcours qu'il vous en a tenu.*
*Ne vous a-il pas dit qu'on ſe rend miſerable,*
*En prenant un party bas & deſ-honnorable:*

Qu'il vaut mieux demeurer toûjours en celibat,
Que de faire un Himen que nôtre cœur combat.
C'est estre sans honneur, lâche, & pusillanime,
C'est avoir de soy même, ou point, ou peu d'estime,
Que de souiller son nom d'un reproche eternel :
Que d'êpouser des fols, par un vœu solemnel.
S'il faut que Fine-epice avec ces fols se range,
Il ressemble au pourceau qui se veautre en la fange.
Pour payer dignemenut l'effect de vôtre amour,
Ie gage qu'on vous garde un assés mauvais tour.
Ces fols de pere en fils pour parer au reproche,
Que vous leurs en feriés vous âressint l'anicroche :
Tant fin puissiés vous estre, on vous affinera:
Quelqu'un de vôtre nom lon ensorcelera
Soit Perrette, ou son fils ils vous la gardent belle :
Ils sçavent des poisons qui troublent la cervelle,
Quicoque en est atteint, va, court parmy les champs,
Sent un feu devorant qui luy broüille le sens,
Et sans reflection s'emporte de maniere,
Qu'il cherche à se jetter au fonds d'une riviere :
Au plus fort des hyvers il quite ses habits,
Tant sa raison est foible & ses sens interdits.
Ce funeste poison qui rend fol le plus sage,
Persevere toûjours à faire son ravage,
Tient toûjours la raison dans la captivité,
Iusqu'à ce que le cœur par son activité,
Concentre au tour de soy la chaleur naturelle,
Et consommant l'humeur qui troubloit la cervelle,
Rétablit de l'esprit les belles fonctions,
Et remet en vainqueur l'ordre à ses actions,
Sans qu'aucun souvenir demeure en la memoire

De son extravagance & de cette humeur noire :
Il ne sçauroit penser que jamais sa raison,
Ayt senty les efforts de ce cruel poison :
Comme apres que la fiévre ardente & frenetique,
A quitté le malade à quelque jour critique,
Les maux dont son esprit fut si fort tourmenté,
S'éfacent comme un songe auprés de sa santé.

### FINE-EPICE.

Vn fol à Champagné c'est nostre voisinage,
Comment n'ay je rien sceu de ce beau personnage ?

### LE CVISTRE.

Vous le connoissés bien vous faites l'ignorant.

### FINE-EPICE.

Ma foy ie ne sçay rien de cet extravagant.

### LE CVISTRE.

Pour vous en rafraischir tant soit peu la memoire,
Ie vous veux de ce fol raconter une histoire.
Ce fol se croid le Dieu qui preside aux enfers,
Il traisne autour de soy deux cens pesant de fers,
Son col porte une chaisne & l'autre sa ceinture,
Sans que ce mal-heureux ou s'en plaigne ou murmure,
L'une au bras, l'autre au pied le tiennent attaché,
Sans que pour ce grand poids il se trouve empêché,
Comme Dieu de l'enfer ce personnage veille,
Sans vouloir qu'un moment son maigre corps sommeille,
Et son corps à veiller si bien accoustumé
Fait & deffait sans cesse un feu mal allumé
Dont pour ne perdre pas un moment la lumiere,
Luy-même de ses yeux il coupa la paupiere,
Son front étroit & court est chargé de cheveux,
Le poil de ses sourcils est aussi gros qu'affreux,
Sa barbe à ses genoux luy descend à poignée,

(Et

Et je croy que iamais elle ne fut peignée :
Cette execrable barbe est de couleur d'airain,
Et marque de ce fol le pouvoir souverain,
Sa peruque fait peur, sa grasse chevelure,
Semble un nid de corbeaux plutôt qu'une coëffure.
Il sort de vilains poils de son nés court & plat
Que jusqu'à son menton cet infame rabat,
Ce bouquin est tout nud, il brave la froidure
Et des plus grands hyvers, il méprise l'iniure,
Ce beau Roy des enfers a pour sceptre un tison,
Dont en mille façons il noircit sa maison,
A ses commandemens il appelle les diables,
Il leur fait comme Roy cent discours effroyables,
Les oblige à courir parmy tout l'univers
Pour traisner des méchans les ames aux enfers,
Quand il les croid venus, il fait regner Iustice,
Et de ses mal-faicteurs il regle le supplice,
Vn jour que ce vieux fol estoit en belle humeur,
Vn Noble Limousin, pourtant homme d'honneur,
Avoit fait un employ pour enlever la fille,
D'un quidam de ce Bourg d'assés bonne famille,
Qui retenoit caché dans sa propre maison,
Par excés de bonté, cet homme sans raison,
Et qui sans le sçavoir, s'estoit par mariage :
Conjoint avec la sœur de ce beau personnage,
Ie ne vous diray pas le nom de l'enleveur,
De peur de le commettre avec un chicanneur,
Qui luy feroit sentir qu'il n'est pas legitime,
D'enlever sa Maistresse & que c'est un grand crime,
Qu'on châtie aujourd'huy fort rigoureusement,
Quiconque fait employ pour un enlevement,

M

Pourtant ce Limousin se fait donner main-forte,
Et prend de ses amis une nombreuse escorte,
Et se voyant ainsi fort bien accompagné,
Il meine sa milice au Bourg de Champagné,
Il dispose ses gens & guette sa Maistresse,
Pour s'en rendre le Maistre au sortir de la Messe,
Cette fille eut avis que son fier Limousin,
De la prendre par force avoit fait le dessein,
Elle se renferma dedans la Sacristie,
D'où par le Presbitere ayant fait sa sortie,
D'un pas viste & leger elle entre en sa maison,
Quelqu'un des Limousins s'écria trahison
Et dans cette maison se jettant avec elle,
De ses autres amis le secours il appelle,
Cette fille éperduë entre en l'appartement,
Ou plutôt dans l'enfer de cet extravagant,
On m'enleve dit-t'elle & tombe à demy morte
Dans ce lieu plein d'horreur, où sans fermer la porte,
Ce Roy visionnaire attend ces enleveurs,
Venés subir dit-t'il, en ce lieu de mal heurs,
Le supplice eternel que meritent vos crimes,
Venés de mes Boureaux les infames victimes,
Venés dans les enfers expier vos forfaits,
Et brûler dans le feu qui ne moura jamais,
Le bruit, l'étrange bruit qui sortoit de ses chaisnes,
Son parler étonnant qui menaçoit de peines,
Les demons invoqués par cet extravagant
Eussent jetté la peur au cœur du plus constant,
Le son, l'horrible son de sa voix effroyable,
Qui mesmes dans l'enfer eust estonné le diable,
Son corps noir & seiché joint au feu de ses yeux,

*Et la ferocité de son visage affreux,*
*Fit à ces Limousins prendre une prompte fuitte,*
*Et comme si le diable eust esté à leur suitte,*
*Ils furent iusqu'au soir sans pouvoir se parler,*
*A peine oserent-t'ils enfin se regarder,*
*Ils ont depuis appris quel est ce personnnage,*
*Et nostre Limousin fuyant ce mariage,*
*A cent fois rendu grace aux bontés du Seigneur,*
*De l'avoir preservé de ce cruel mal-heur,*
*Tant un homme d'honneur doit craindre la disgrace*
*De voir des gens tarés entrer dedans sa race.*

### FINE-EPICE.

*L'histoire est fort plaisante a Dieu.*

### LE CVISTRE.

*Ce n'est pas tout*

### FINE-EPICE.

*Ie le sçay mieux que toy de l'un à l'autre bout,*
*Mais tu sçais le besoin que i'ay de mariage.*

### LE CVISTRE.

*Celuy-cy vous fait honte.*

### FINE-EPICE.

*Et c'est de quoy i'enrage.*

# ACTE V,

## SCENE PREMIERE.

### LA POINTVE seule.

ILlustre ambition, qui partage mon bien,
Tu regne sur mon ame avecques trop d'empire :
Donne moy tout entier ce que mon cœur desire,
       Ou ne me donne rien.
      Ie consens à ce mariage,
      Ie l'approuve j'en fais estat
      Il est noble il est Magistrat :
Mais je n'y consens plus quand je pense à son âge.

Renoncer aux plaisirs pour estre en dignité :
Renoncer au bon-heur pour la Magistrature,
C'est acheter bien cher, & même avec usure,
       Vn peu de vanité.
      Fault-il épousant Fine-Epice,
      Estre Martyre de l'honneur,
      Non non évitons ce mal-heur,
Que ma vanité cherche vn autre sacrifice.

  Mais que dis-je insensée, & quel est mon erreur ?
Marcher au premier rang des premiers de la ville
Epouser un mary d'une illustre famille,
      N'est-ce pas du bon heur.
      Porter le beau nom de Madame,

Satisfait aßés mon defir,
Et me donne aßés de-plaifir :
Ie le veux pour époux puifqu'il me veut pour femme.

Ie le veux pour époux, & jay du repentir,
D'avoir tant balancé : mais quand je confidere,
Qu'il a de l'âge aßés pour eftre mon grand pere,
Ie n'y puis confentir.
Meprifons la Magiftrature,
A peine ay-je atteint quatorze ans,
Quand je feray dans mon printemps,
Fine-Epice fera prefque en la fepulture.

Que me fervira lors l'ardeur de mes amours ?
Que ferviront mes feux aupres d'un infenfible,
Ne nous condemnons point à faire l'impoßible,
Paßons mieux nos beaux jours.
Renonçons au doux nom de femme,
Ce beau nom n'a plus rien de-doux,
Si Fine-Epice eft noftre époux,
Il n'a que des glaçons pour éteindre ma flame.

Mais laißer Fine-Epice & prendre fon valet :
N'eft-ce pas faire un choix tout afaict des-honnête ?
Ce penfer feulement me fait mal à la tête,
Ce mâtin eft trop laid.
Que je fens une étrange peine !
Mon cœur à tous deux engagé,
Ne fçauroit eftre partagé,
Car je n'ay pour tous deux que colere & que hayne

Ma grand'mere & ma mere ont trop de cruauté,

De condemner ainſi ma plus tendre jeuneſſe
A vivre ſans plaiſir , ou parmy la baſſeſſe,
    O quelle lâcheté.
   L'une de tout ſon bien m'advance,
   L'autre flatte ma vanité,
   Dieux en cette perplexité,
A la quelle des deux rendray je obeiſſance.

 Pour plaire à ma grand'mere immolons nôtre orgueil,
Immolons nos plaiſirs pour complaire à ma mere,
Ie veux à touttes deux pleinement ſatisfaire,
    Par le choix du cercueil.
   La mort eſt cent foix preferable,
   Au joug d'un époux ſans chaleur,
   Ou qui nous feroit des-honneur,
L'un & l'autre party nous rendroit miſerable

 Pourquoy venger ſur moy l'erreur de mes parents :
Mais s'il le fault enfin contre toutte apparence,
S'il fault faire le choix malgré ma reſiſtance,
    De l'un de ces galants.
   Ce choix ſera tous-jours funeſte
   Mais ſi l'on y force mon cœur,
   Penchons du côté de l'honneur,
Nous aurons des amis qui fourniront au reſte.

# SCENE SECONDE.
## FINE-EPICE LA POINTVE

### FINE-EPICE.
Ah ma chere amitié je ſuis au deſeſpoir,

Ce n'est qu'avec douleur que j'ose vous revoir :
Vôtre tante......

## LA POINTVE.

Ah Monsieur ma tante est condemnée,

## FINE-EPICE.

J'ay fait ceque j'ay peu mais la rage obstinée,
De vos fiers ennemis l'emporte dessus nous.

## LA POINTVE

Helas soustenés moy.

## FINE-EPICE.

Mon cœur remettés vous.
J'ay faict pour la sauver tout ce qu'on pouvoit faire.

## LA POINTVE,

Hé Monsieur s'il vous plaist contés moy cet affaire.

## FINE-EPICE.

Ie suis dés ce matin monté droit au palais,
Pour me faire donner & garder le procés,
Ecarter les témoins par douceur, ou menace,
Iusqu'au temps qu'il falloit pour obtenir sa grace :
Ie l'aurois obtenuë assés facilement,
Elle ne m'eust au plus coûté qu'un compliment,
On sçait que dans Paris chacun me considere,
Vne grace pour moy n'est pas fort grande affaire,
Pour ce la j'écrivis un mot au Rapporteur,
Mais je m'y suis trompé ce n'est qu'un affronteur,
Car le fourbe qu'il est par un billet me mande,
Qu'il s'en vient au Palais, & qu'enfin je l'attende,
Il y vint en effet, mais avec le dessein,
De me des-obliger par un tour de sa main,
Il me voit au Palais, où d'un coup de prunelle,
Ie luy donne le mot d'aller à la Chapelle,

A peine ay-je quitté les yeux de deſſus luy,
Qu'il part comme un éclair pour me combler d'ennuys,
Il monte à la Tournelle, on luy donne Audience,
Vn Huiſſier de ſa part m'avertit qu'il commence,
Il met procés ſur table, il en fait le rapport,
Et deſſus vôtre tante il fait tomber le tort,
Chacun eſtant d'avis de l'oüyr par ſa bouche,
On l'ameine : en entrant d'un œil fier & farouche,
Sans reſpecter le lieu ny nôtre authorité,
Elle entame d'abord par ſa captivité,
Qu'apres avoir ſouffert une peine exceſſive,
Lors que contre les Loix nous la tenions captive,
Nous nous ſommes rendus par ces cruels excés,
Indignes de connoiſtre & juger ſon procés :
I'approuve ſes raiſons & je la favoriſe,
Mais loing de m'appuyer, on rit, on me mépriſe,
Ie me vois accablé par mes meilleurs amis,
Et ne les connois plus d'avec mes ennemis,
Vn d'eux ouvre un avis fort doux pour l'accuſée,
Si la Chambre (dit i'il) par elle eſt recuſée,
Il faut qu'elle en propoſe & diſe la raiſon :
Mais il faut pour cela qu'elle rentre en priſon,
A ce mot de priſon, ie l'exhorte à le faire,
Mais inutilement, car pleine de colere,
Elle dit hautement qu'elle ne pretend pas,
Par de mauvais moyens éloigner ſon trépas,
On l'interroge enfin ſur le fait de la plainte,
Mais loin de faire voir un cœur ſaiſi de crainte,
Elle confeſſe tout, elle eſt de tout d'accord,
Et ce cruel aveu la condamne à la mort,
I'en vois avec douleur prononcer la Sentence,

                                            Qu'elle

Qu'elle apprend sans regret & sans impatience,
Loing de plaindre sa mort & loing d'en murmurer,
Alions y de ce pas s'il la fault endurer,
Mais cette question ( dit-elle ) est outrageante,
Toutes-fois s'il le fault mon ame en est contente :
Quels que soient les tourments qu'on va me presenter,
Ie les veux vaincre tous sans m'impatienter.

## LA POINTVE

Ah ne me tenés plus ce funeste langage :
Ie me meurs de douleur aprés un tel outrage.

# SCENE TROISIEME.

## L'ABBE DVBOIS entre.

Ie prends part au bon-heur dont vous alés joüir :
Il se fault preparer à se bien rejouir :
Loing d'icy les rêveurs au front melancolique,
Grand repas, beau festin, la dance & la musique,
Commenceront du jour le divertissement
( Car dancer & chanter, est tout mon element )
Pour faire nos festins La Fontaine, & La Grange,
Qui sur ceux de Gençay remportent la loüange,
Sont venus par mon ordre, (ils sont de braves gents)
Outre qu'on doit tous-jours employer ses parents,
Ils sont bons Cuisiniers & mes parents fort proches,
L'un fait bien un potage ; & l'autre est pour les broches,
Nous aurons les violons nous aurons les haut-bois,
Pour faire voir à tous le Sieur Abbé Du-Bois,
Dans sa gentille humeur dancer tant qu'à des nôces,
Les autres prés de moy ne sont rien que des rosses :
Car je dance à merveille, & j'ay le pied bien fait :
Lors-que je vais joüer chés Madame Pinet.

N

Ie ravis tous les cœurs par un branle d'entrée,
Ou par une courante, ou simple, ou figurée;
Toutte la compagnie avouë ingenuement,
Que sans l'avoir appris ie dance adroitement.
Qu'en dittes vous (ma sœur) vous n'estes point ioyeuse
Vous commencés fort mal pour estre bien-heureuse?
Ne consentés vous pas que nous donnions le bal?
Donnons le bal ma sœur nous ne ferons point mal,
Craignés vous de trouver cette voix insolente,
Qne l'on vous fit oüyr lors-que pour la courante,
Vous cherchiés dans le bal un galant pour dancer:
Chacun vous refusa feignant de s'offencer,
Parceque vous n'estiés qu'une vile marchande,
Et que vous meritiés d'en avoir reprimande?
Cinq ou six effrontés dirent à haute voix;
Alés chercher ailleurs quelque marchand de bois,
Madame, ainsi soudain vous quittâtes la place,
Le rouge sur le front d'une telle disgrace.
Mais qu'avés vous mor-bleu? vous estes estonnés,
Comme si vous aviés tous deux un pied de nés.
Avés vous commencé dêja quelque querelle?

## LA POINTVE

Ah mon frere.

## LABBE' DVBOIS

Ah ma sœur.

## LA POINTVE

O mort ô mort cruelle!

## L'ABBE' DVBOIS.

Vrayment vous parlerés la belle aux yeux pleureux,
Et vous futur beau-frere homme au cœur langoureux,
Quel sujett avés vous defaire triste mine?

Auriés vous bien chassé l'amour de la poictrine,
Et voulés vous penser à dissolution,
Avant d'estre arivés à la conjonction.
Vous ne parlerés point?

### FINÉ-EPICE.

La douleur me suffoque.

### LA POINTVE.

Ah mon frere.

### L'ABBE' DV BOIS.

Ah ma sœur, ô Dieux le beau colloque.

### LA POINTVE

Ma tante est condemnée, on la livre à la mort
Ie pleure sans fléchir la rigueur de son sort.

### L'ABBE' DV BOIS.

Et vous pourquoy pleurer?

### FINE-EPICE.

Ie pleure de tendresse.
Puis-que dans ce mal-heur mon amour s'interesse.

### L'ABBE DV BOIS

Amants par trop pleureurs ces pleurs hors de saison,
Me font connoistre assés vôtre peu de raison:
Comment donc? à pleurer chacun tient sa partie,
L'un pleure par raison, l'autre par sympathie,
Il falloit pour ma tante, ou la tirer des fers,
Suivre ses ennemis jus-que dans les enfers,
Ou n'ayant pû rien faire abandonner sa vie,
Aux rigoureuses loix dont elle est poursuivie,
Oublier son destin, éviter son mal-heur,
Et borner ses desirs aux regles de l'honneur:
Elle meritoit bien les coups de la Iustice,
D'avoir fait à sa hayne un pareil sacrifice.

N ij

Vous à qui le bon-heur donne un illustre époux,
N'en faites pas de méme ayés l'esprit plus doux,
Et detestant l'excés de ce cruel outrage,
Entrés joyeusement au joug de mariage,
Honorés ce mary qui vous comble d'honneur,
Concevant pour ma tante une mortelle horreur ;
Pleurer un mal-heureux condemné par Iustice,
C'est approuver son crime en blâmant son supplice,
En ce jour glorieux fermés la porte aux pleurs,
Sans charger vôtre esprit de ses vaines douleurs.

FINE-EPICE.

Ne pensés plus jamais à cette Belle-Allée,
Et qu'un discours si beau vous rende consolée.

LA POINTVE,

Comment me consoler d'un affront si cruel,
Qu'il répand sur mon sang un reproche eternel.

FINE-EPICE.

Quiconque comme vous d'une basse naissance,
Rencontre en mariage une illustre alliance,
Ressemble au sauvageau qui perd estant enté,
Sa mauvaise nature avec son aprêté.

L'ABBE' DV BOIS

Parlés mieux s'il vous plaist nôtre futur beau frere,
N'apprehendés-vous point de me mettre en colere,
Vous estes Gentil-homme & de condition,
Mais après tout Robin vaudra bien Marion ;
Les Robins sont yssus d'une illustre famille,
Et maintes fois vantés par feu Gautier Garguille.

Robin s'en va à Tours,
Pour acheter du velours,
Pour faire un casaquin,
Ma mere je veux Robin.

Examinés les vers de cet Autheur rifible,
N'eſt-ce pas apres tout une choſe viſible,
Qu'un homme qui voyage expreſſément à Tours,
Pour ſe faire tailler un habit de velours,
Eſt auſſi bien que vous d'une illuſtre naiſſance,
Et qui ſans vous choquer vaut bien vôtre alliance:
Et peut-être encor plus, puis qu'eſtant à Paris,
Quand vous aviés beſoin d'acheter des habits,
Vous les alliés chercher en pleine fripperie,
Si ce n'eſt qu'une fois (mais c'eſt galanterie)
Ce badaut de Paris l'epoux de vôtre ſœur,
D'un bel habit tout neuf vous rendit poſſeſſeur,
Vous eſtiés ſon amy pour recevoir & prendre:
Mais vous ceſſés de l'être auſſitôt qu'il faut rendre,
Vous luy devés auſſi d'ailleurs quelqu'autre argent,
Mais vous payerés tout par un petit ſerment.

## LA POINTVE.

Mon frere, & vous Monſieur, de crainte que la bile,
Ne vint à s'échauffer laiſſés nôtre famille,
Chaque choſe a ſon prix, & Monſieur a raiſon
D'élever juſqu'au Ciel ſon illuſtre maiſon,
Monſieur connoiſt aſſés la race dont nous ſommes,
Mais Monſieur eſt au rang des premiers Gentil-hommes,
Son extrême bonté conſole ma douleur,
Il fait eſtat de nous malgré nôtre mal-heur,
Ie ſeray pour jamais à vos ſoins redevable,
D'aſſiſter à la mort de cette miſerable,
Pour m'en faire un recit de l'un à l'autre bout.

## FINE-EPICE.

Ie vous ſatisferay puiſque je vous dois tout.

# SCENE QVATRIEME.

## L'ABBE' DV BOIS, LA RODETTE
## LA POINTVE.

### L'ABBE' DV BOIS.

*A l'ayde j'apperçois nôtre folle grand' mere,*
*Qui vient nous annoncer encor quelque misere.*

### LA RODETTE

*Vous vous faites ma fille assés long-temps chercher,*
*N'apprehendés vous point de me faire fascher,*
*Et que vôtre galand à la fin se rebutte,*
*Ou que sur vôtre absence il vous fasse dispute.*

### LA POINTVE.

*Epouser un valet je ne veux point de luy,*
*On sappe la famille il luy faut de l'appuy,*
*J'aurois bien de l'honneur de prendre un miserable,*
*Ie veux chercher ailleurs un party plus sortable,*
*Epouser un valet, pour qui me prenés vous ?*
*Ie veux demeurer fille ou prendre un autre époux.*

### LA RODETTE

*Vous me l'aviés promis orgueilleuse friponne,*
*Il est de mes parens & l'alliance est bonne,*
*C'est Monsieur nôtre Abbé qui vous a fait changer,*
*Si vous ne le prenés, je sçauray m'en venger,*

### L'ABBE' DV BOIS.

*Oüy c'est moy qui luy fais épouser Fine-Epice,*
*Et par la je vous rends à tous un bon office.*

### LA RODETTE

*Fine-Epice ! il est vray qu'il a beaucoup d'esprit,*
*Et ma sœur au gibet nous fait voir son credit.*

## LA POINTVE

Ne nous reprochés point le mal-heur de ma tante,
Il a fait son devoir & j'en suis fort contente,
Ma tante auroit sans doute evité ce mal heur,
Si l'on eust eu recours d'abord à sa faveur;
Après cet accident c'est un grand avantage,
Qu'il veüille avecques moy contracter mariage.

## LA RODETTE.

Quiconque a Fine-Epice aura jamais recours,
Poura bien s'asseurer de vivre sans secours,
Et quiconque à dessein voudra perdre une affaire,
Il n'a qu'à se servir de son beau ministere :
Il est plein de credit, mais j'entends à l'envers,
Pour faire tout aler en perte & de travers,
Témoin ce qu'il a fait pour ceux de S. Maurice,
A qui cet ignorant n'a pû rendre service,
Et que le maltoutier a les plus mal-traittés,
A cause qu'ils estoient de sa faveur portés,
Tant est grand au jourd'huy le funeste avantage,
D'employer le credit de ce beau personnage,
Le comble de vos maux est qu'il rencontre en vous
Assés d'ambition pour être vôtre époux.
Quel que soit Fine Epice, en cette autre alliançe,
Ie trouve plus de paix & moins de difference.

## LA POINTVE.

Epouser un valet, ah plutost le cercueil.

## LA RODETTE.

Vous quitterés peut-être un jour ce grand orgueil,
Il est de mes parens & le bien que je donne,
Pour l'égaler à vous releve sa personne.
Fine-Epice apres tout n'est pas ce qu'il vous faut,

Pour des Marchands de Bois c'est le porter trop haut.
## L'ABBE' DV BOIS.

L'affaire est resoluë elle aura Fine-Epice,
Il m'a déja nanty d'un fort bon Benefice.
## LA RODETTE.

Ie n'en parle donc plus, mais vostre ambition,
Vous a fait oublier vostre condition ;
Pour mettre en dignité ce diseur de Breviaire,
On flatte vostre orgüeil du nom de Conseillere,
Peut être que ce nom durera quelque temps,
Mais vous ne serés pas au rang des plus contents,
Vous n'avés que treize ans, Fine-Epice a de l'âge,
Pourquoy de ce vieillard choisir le mariage
L'un est foible de corps, l'autre est un bon rustaut,
Et si vous m'en croyés, c'est tout ce qu'il vous faut :
Le tracas du menage apporte assés de peine,
Sans se charger des maux dont la vieillesse est pleine
Mais qu'il soit jeune ou vieil cela ne seroit rien,
Si pour se maintenir il avoit quelque bien :
Car pour examiner sa fortune presente,
Tout son grand bien consiste en deux cens francs de rête
Il avoit des effects qu'il a tout dissipés,
Mêmes ceux de ses sœurs qu'il avoit attrapés ;
Il vendit pour plaider son meilleur Benefice ;
Il doit entierement le prix de son Office,
Avec les interests à ses coheritiers,
Et vous n'aurés de bien que pour ses creanciers.
Il pretend finement atraper Laudoüiniere,
Mais il s'est pris fort mal en cette belle affaire,
Car il ne peut jamais rien faire seurement,
Sa mere estant chés luy par un enlevement ;

Outre

Outre qu'on ne luy peut donner les droits d'ainesse,
Qui naturellement doivent estre à sa niéce,
Mais il n'a point de peur de s'en accommoder,
Puis qu'il faut un procés pour l'en depossedr,
Esperant que ses sœurs, niéce, frere, & beaufrere,
Ne feront contre luy que de l'eau toutte claire.

### L'ABBÉ DV BOIS.

N'ayant pas les moyens de le pousser à bout,
Mal-gré leur feu violet il joüira de tout.

### LA RODETTE

Voyla du bien fort seur, c'est une bonne affaire,
Pour assigner sa dot, & fixer son doüaire.

### L'ABBE DV BOIS

Pourquoy non? Fine-Epice est un homme assés fin
Pour faire qu'un procés ne prenne point de fin.

### LA RODETTE

Mais s'il vient à mourir comme j'en ay l'attente,
Quand vous serés sans bien, serés vous fort contéte?

# SCENE CINQVIEME.

### PERRETTE entre.

Enfin sur vôtre avis, & par vôtre conseil,
J'ay fait choix d'un époux illustre & sans pareil,
Qui sans nous méprifer, mal-gré nôtre bassesse,
Epousera ma fille avec grande allegresse:
Il avance mon fils, & par un procedé,
Tout-afait genereux, il en fait un Abbé.
Vous ne sçavés que trop comme on nous persecute,
Vous sçavés de ma tante & la perte & la chûte,
Mal-gré nôtre disgrace, & mal-gré nos mal-heurs,

O

Par un illustre Himen il vient seicher nos pleurs.
Vous qui faités l'honneur de touite la famille,
Qui n'aimés que mon bien, qui cherissés ma fille,
Pour comble de bon-heur agréés cet époux,
Le choix en est heureux s'il se fait avec vous.

## LA RODETTE.

Ie ne puis l'approuver puis que déja moy-même,
J'avois trouvé son fait par un bon-heur extrême,
Mais le brillant trompeur d'un homme en dignité,
Réveille l'appetit de vôtre vanité:
Le choix que j'avois fait n'est pas en la posture
De supplanter un homme en la Magistrature,
Il est de mes parents, peut-estre avec mon bien,
A vôtre Fine-Epice il ne cedera rien:
Ie luy veux tout donner, chacun fait à sa guise:
On ne m'en peut blâmer puis que l'on me méprise.

## PERRETTE

O Dieux que dites vous! loing de vous mêpriser,
Nous pouvons vous & moy sur ce choix aviser.

## LA POINTVE

L'avis en est tout pris, & pour mon mariage,
Ne pretendés jamais qu'à d'autres je m'engage.

## PERRETTE.

Quelque soit ce party je vous jure ma foy,
S'il n'est bon pour ma fille il sera bon pour moy,
Puis que vous le voulés je consens de les prendre,
Et l'un pour mon époux, & l'autre pour mon gédre.

## L'ABBE DVBOIS

Ma mère est-il possible! ô Dieux que dites vous!
Pourés vous recevoir le Cuistre pour épous?

# SCENE SIXIEME.

L'ABBE' DV BOIS, LA POINTVE
LE CVISTRE. PERRETTE.
LA RODETTE

### LA POINTVE.

Le voyla qui s'avance avec sa belle mine,
Ce galant vigoureux, ce pilier de cuisine.

### LE CVISTRE.

Ie viens icy mesler mes soupirs à vos pleurs,
Et partager les coups de vos justes douleurs,
Elle meurt en effect avec tant de constance,
Qu'elle brave en mourant l'horreur de la potence;
Si par un assassin la Belle eut quelque tort,
Sa generosité le repare en sa mort;
Loing de ternir son nom par quelque ignominie,
Elle vous laisse à tous une gloire infinie.

### LA RODETTE.

Laissons là cette infame expier par la mort,
La cruelle rigueur de son indigne sort :
Vous sçavés mon cousin que je vous considere,
Voicy le iour venu pour conclure l'affaire,
Il ne tiendra qu'à vous, tout le monde y consent.

### LE CVISTRE.

Ie n'y puis consentir si mon Maître y pretend,
Et sans penser à moy vous avés droit d'attendre,
Par un heureux destin, un Conseiller pour gendre.

### LA RODETTE

Que Fine-Epice enfin veüille ou ne veüille pas
Ie vous veux marier.

# LE CVISTRE.

Prendre un party si bas,
Ie ne puis resister à ce genereux Maître,
Ie serois un méchant, un mal-heureux, un traître,
Et le destin m'apprend que je luy dois ceder,
Ce que sans son aveu je ne puis posseder,
Le Ciel entre nous deux n'a mis de difference,
Qu'affin de luy donner en tout la preference,
C'est assés qu'une fois ce bon Maître ceda,
La fameuse Vauroux au traître Lerida,
Quel mal-heur de se voir à toute-heure & sans cesse,
Contre un chetif valet disputer sa Maistresse.

## LA RODETTE.

Vous refusés ma fille ingrat & deloyal.

## LE CVISTRE.

Ie vous en dis la cause & je ne fais point mal.

## LA RODETTE.

Si vous cedés la fille épousés donc la mere.

## LE CVISTRE.

Cousine excusés moy je ne le sçaurois faire.

## LA RODETTE.

Prenés donc l'une ou l'autre & vous aurés mon bien.

## LE CVISTRE.

Cousine excusés moy car je n'en feray rien.

## PERRETTE.

Vous n'estes pas au choix de prendre l'une ou l'autre.

## LE CVISTRE

Nous sommes donc d'accord mon avis est le vostre,
Recevès Fine-Epice où sans autre debat,
Il faudra vous resoudre à vivre en celibat.

## LA POINTVE

Ce genereux valet par un coup de Iustice,
En me laissant à moy me donne à Fine-Epice.

## LA RODETTE

Vous n'en aurés jamais qu'un cruel repentir:
Ie ne puis l'approuver, je n'y puis consentir.

# SCENE SEPTIEME.

### FINE-EPICE revient.

O Dieux la belle mort & qu'elle fait d'envie,
Nonobstant le gibet à la plus belle vie,
Son courage intrepide & son cœur indompté,
Au milieu des tourments sa grande fermeté,
Même en la question son obstiné silence,
Ont fait voir sa belle ame, & sa rare constance,
Quand elle vit venir le mal-heureux Boureau,
Elle-même à son col ajusta le cordeau,
Puis marchant à la mort sans pleurer sa disgrace,
Si-tôt qu'elle se vit au milieu de la place:
Ce barbare Boureau, ce cruel Officier,
Dont le cœur est de fer & le parler d'acier,
Luy commanda d'aller toute nuë en chemise,
La torche dans la main au portail de l'Eglise,
Confesser devant tous les crimes qu'elle a faits,
Et demander à Dieu pardon de ses forfaits,
Ses pas ne tremblent point sous cette ignominie,
Elle fait sans pâlir cette ceremonie,
Et dit tout ce qu'on veut sans craindre & sans trembler,
Tant son ferme courage à peine à s'ébranler:
On la remeine encor prés la Croix de la place,

Cousin ( dit-t'elle ) enfin que faut-t'il que je fasse ;
Apres la question pouroit-t'on inventer,
Quelque nouveau tourment qui peust m'épouventer:
Ouy, dit ce mal-heureux, il faut aller au reste,
Et separer de vous cette main trop funeste,
Qui servit d'instrument à ce lâche couroux,
Qui vous doit aujoud'huy rejoindre à vôtre époux ;
Elle donne sa main que ce méchant retranche,
De son bras potelé dont le sang il étanche,
Ses eux à demy morts regardent par dédain,
Sans le dire à son cœur la perte de sa main,
Helas depuis ce coup on ne voit plus éclose,
Sur son beau teint de lis une vermeille rose,
Ses joües tout soudain en sentent la douleur,
Et perdent leur éclat ainsi que la couleur:
Ses lévres qui formoient une bouche bien faite,
Quittent la couleur rouge & prennent la violette,
Ses yeux ne brillent plus & leur vivacité,
Peut à peine du jour supporter la clarté,
Vne froide sueur coule sur son visage,
Sans pouvoir atiedir l'ardeur de son courage ;
Elle cede aux douleurs, & son corps delicat,
Perd avec cette main la fraicheur & l'éclat ;
Mais ce n'est pas encor le plus cruel supplice,
Que d'elle avant la mort demande la Iustice,
Cousine il faut encor sur ce lit vous coucher,
( Luy dit l'Executeur ) alors pour l'attacher,
Ce dernier des mortels prend un horrible cable,
Dont il colle son corps sur ce lit detestable,
Ce lit joint l'infamie à ses travaux passés,
Mais son cœur ny ses yeux n'en sont point offencés

On appelle ce lit une fatale clayé,
Qui doit de tout son corps ne faire qu'une playe :
Ce cousin sans pitié par un autre attentat,
Attache à son cheval la Belle en cet estat,
La promeine en tous lieux, il n'est pas une ruë,
Pas un coin ny recoin qui n'en aye la vuë ;
Le peuple vient en foulle, on le voit se presser,
Ce spectacle en tous lieux à peine peut passer :
Ainsi quand un grand vent a ramassé les nuës,
Qui viennent à tomber des montagnes chenuës,
Un vil ruisseau d'hyver, où l'esté le troupeau,
Pour étancher sa soif ne peut trouver de l'eau,
De cette grande pluye enrichissant son onde,
Etend ses larges bords ; blanchit, boüillonne, gronde
Et grossissant ses eaux sans attendre l'hyver,
S'empare des guerets & ressemble une mer,
Ce peuple qui la voit ne voit point sa constance,
A son cruel supplice ajoûtant l'insolence,
L'un luy lance un brocard, l'autre des salletés,
Et fait voir sa fureur par cent indignités,
Il fait à sa constance une injure cruelle,
Sa grande fermeté luy paroist criminelle,
Le barbare qu'il est accuse sa vigueur,
D'insensibilité, de dureté de cœur :
Ce peuple croist toûjours, aussi croist son audace,
Enfin cette victime est renduë à la place,
Son cœur manque de force & non pas de vertu,
On le voit accablé, mais non pas abbatu,
Le Boureau la conduit, il la monte à l'échelle,
Elle suit sans contrainte où son destin l'appelle,
Elle estoit au plus haut quand élevant les yeux,

Par mépris de la terre elle regarde aux Cieux :
Soit qu'un brillant rayon d'une vive lumiere,
Comme un perçant éclair eust ouvert sa paupiere,
Ou qu'un trait de la Grace eust traversé son cœur,
Elle perd sa constance avec sa vigueur ;
Son courage s'abbat, elle se fond en larmes,
Et se fait dans le Ciel passage par ces armes,
Ses pleurs mieux que sa mort effacent le peché,
Par qui sous le gibet son corps est attaché,
La Grace du Seigneur luy déploye sa langue,
Pour découvrir sa vie en une belle harangue,
Elle fait voir à tous comment son trop d'orgueil
Fut de toutes vertus, & l'abysme, & l'écueil :
Puis s'offrant à la mort avec un cœur syncere,
Le traître Executeur fit ce qu'il devoit faire ;
O Dieux le beau discours qui pouroit l'exprimer !

### L'ABBE' DV BOIS.

Il faut s'en souvenir & le faire imprimer.

### FINE-EPICE.

Pour en eterniser à jamais la memoire,
Aux Chantres du Pont-neuf envoyons-en l'histoire.

# SCENE HVITIEME.

## LERVILLE.

Regardés ce billet.

### FINE-EPICE. lisant le billet.

C'est un trait de mes sœurs,
Qui suivent le conseil de quelque vieux rêveurs.

### LERVILLE.

Ie ne pouvois de vous croire cette bassesse.

FINE-

## FINE-EPICE.

*Vous verrés le contraire en voyant ma Maiſtreſſe ;*
*Approchés vous ma belle & me donnés la main.*

## LA POINTVE.

*Vous avés ſur mon cœur un pouvoir ſouverain.*

## L'ABBE' DV BOIS,

*Venés au CONIVNGO.*

## PERRETTE.

*Quel bon-heur que ma fille ;*
*Par un ſi noble Himen releve ma famille*
*Conſentés-y ma mere.*

## LA RODETTE

*Ah vrayment j'y conſens,*
*Mais je croy que jamais on n'en verra d'enfants.*

## L'ABBE' DV BOIS.

*Tout le monde y conſent, recevons avec joye,*
*Le ſouverain bon heur que le Ciel nous envoye.*

## LERVILLE à la Pointüe.

*Vôtre bien?*

## PERRETTE.

*Vingt mil francs qu'elle porte avec luy.*

## LERVILLE à Fine Epice

*Et vous?* FINE-EPICE,
*J'ay tous mes droits & même ceux d'autruy.*

## LERVILLE

*Bon bon cela va bien je vais dreſſer l'affaire,*
*Pour la faire ſigner par Herſant le Notaire,*
*Il fault faire cracher nôtre Vieille au baſſin,*
*Pour avoir Laudoüimere.*

## FINE-EPICE.

*Et c'eſt la mon deſſein.*

P

*O nuit ô belle nuit, avance ta venüe?*

## LA POINTVE

*Lors que je te tiendray ce soir entre mes bras,*
*Comment veus-tu ( Mignon ) que ta chere Pointüe,*
*Avecques toy se porte aux amoureux ébats :*
*Car j'en sçay quelques-uns qui veulent qu'on remüe,*
*J'en sçay d'autres aussi qui ne le veulent pas.*

# FIN.

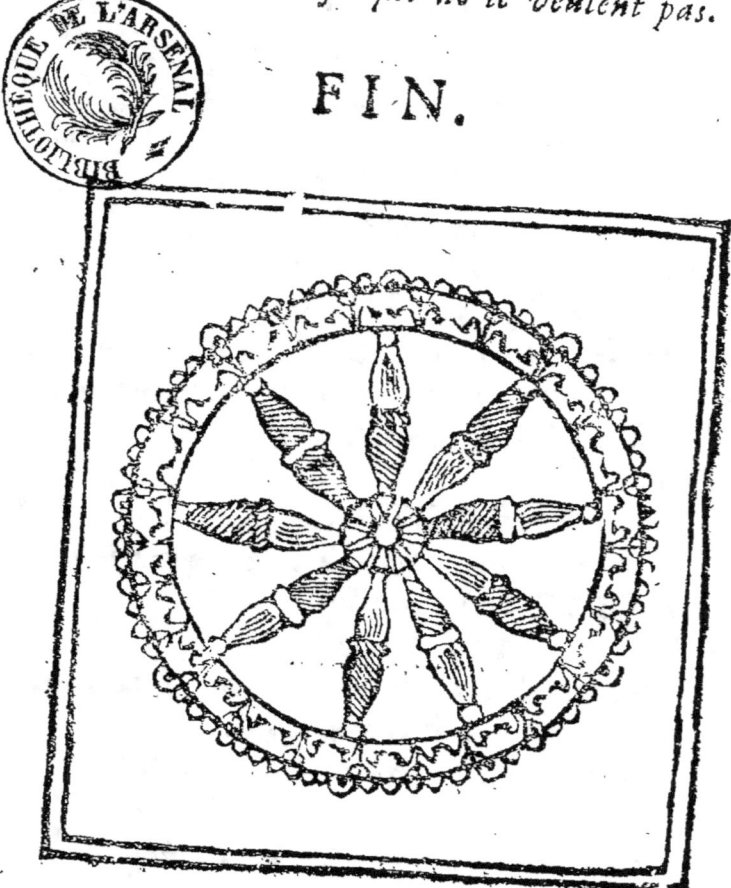

A. 17

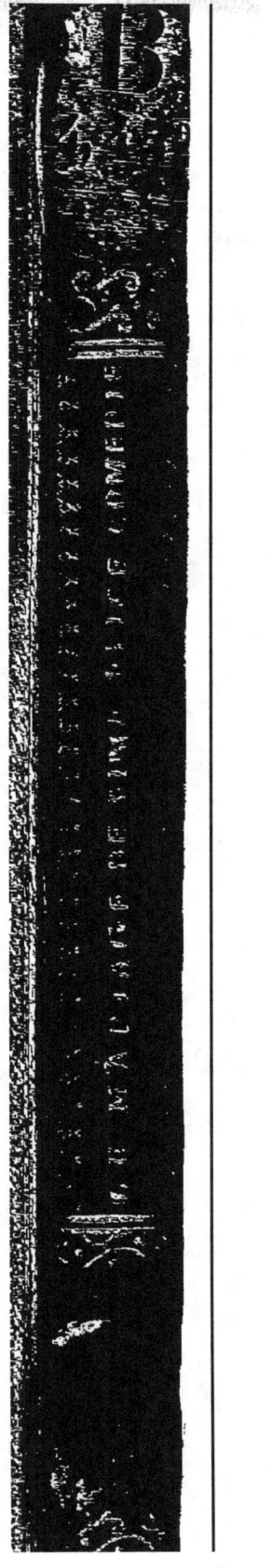